空港時光

温又柔

目次

空港時光

出発

IMMIGRATION
出国
DEPARTED
入国審査官―日本国
HANEDA　A.P
12　MAR.　2002

真新しいパスポートの一頁に、出国スタンプの判が捺された。ついに、出発だ。大祐《だいすけ》の興奮は募る。搭乗券に印字された搭乗口は「G 05」。Gに続く「0」を、アルファベットの「O」と一瞬みまちがえる。「Go」と「5」で、ゴーゴーか。大祐は可笑しくなる。

搭乗時刻まではあと半時間ほど余裕があった。あたりを見渡せば、名だたるブランド店が連なっている。子どもの頃に祖母や大叔母に連れられておとずれた百貨店の風景に似ていると大祐は思う。ちがうのは、そこらじゅうに「免税　duty-free」という文字が躍っていること。そして、天井まであるガラス窓一枚隔てたむこうには、滑走路が広がっていること。雲一つない、よく晴れた空にむかって離陸する飛行機が見える。空を斜めによぎりながら遠ざかってゆくその姿を目で追っていたら声がよみがえる。

——あたし、飛行機は自分が乗る日にだけ飛ぶと思ってたんだ。

かのじょとは、大学一年生のとき、中国語のクラスで知り合った。初回の授業で、就職に役立てたい、とか、三国志演義が好きだから、とか、漢字なら何とか読めそうなので、などといったことを第二外国語に中国語を選んだ理由としてクラスメートたちは答えていた。大祐も自分の番がまわってくるまでに何かそれらしいことを言わなければと思い、あまり深く考えずに、ジャッキー・チェンが好きだから、と答えた。

——そうか。そんな君には残念なお知らせだが、成龍《Chéng Lóng》が喋ってるのは広東語なんだよな。

講師がそう言い渡すと、教室にどっと笑いが起きる。斜め前の席から振り返ったかのじょも、大祐のことをほほ笑ましそうに見つめていた。注目を集めてしまったことに照れ笑いを浮かべながらも大祐は、Chéng Lóng というのがジャッキー・チェンの別名であることも、中国語と広東語のちがいもわからなかった。そんな幕開けではあったが、大祐はすぐに週に一回の中国語の授業を楽しみに思うようになった。イー、エー、サン、シーと十までの数をかぞえてみせると、小学生の弟だけでなく、何かと小生意気な中二の妹からも、おにいちゃんすごいじゃん、と感心される。まあね、と得意になっていると、いつか万里の長城に連れてってくれよ、と父までもが言いだす。

夏を迎える頃、クラスメートたちと『宋家の三姉妹』を観る計画を立てた。語学講師が中国の近現代史の勉強になると推薦していた映画のうちの一つである。大祐をはじめ、実家住まいの面々が終電を逃すたびに転がりこむ友人のアパートが、「映画鑑賞会」の会場だ。当日はみんなで連れだって駅のすぐそばにある大きなレンタルビデオ屋に立ち寄る。目的の一本を探しだすまで、ずいぶんと時間がかかってしまった。店内を練り歩きながら、この映画が好き、あの映画も好きとそれぞれ言い合っていたからだ。大祐はもちろん、『プロジェクトA』を自分のお気に入りの一本だと主張した。友人のアパートにつくとソファベッドは女の子たちに座ってもらって、大祐たちはフローリングの床の上であぐらをかいた。ビデオを再生してまもなく、ふわっと甘い香りがしたと思ったらかのじょが滑りおちるように大祐の左隣に坐りなおす。

——ごめんね。字幕が、よく見えなくて……

申し訳なさそうに囁く声にうなずきながら、大祐は左の耳がこそばゆかった。視線を画面に戻した大祐は、中国語のべんきょうと思い、俳優たちの会話に耳を澄ましてみるのだが、音声のみで内容を理解するのはさすがに難しく、すぐにあきらめる。そもそも実在の三姉妹を主役に据えた史実をもとにした映画は、字幕を追っていても前知識に乏しい大祐にはなかなかややこしかった。そのうち大祐は、左隣で食い入るように映画を見ている横顔が気になりはじめる。約二時間半の映画が終わる頃には、とっくに日が暮れていた。部屋の主が電気を灯すと他のみんなと同じように、長かったね〜、とかのじょも晴れやかに笑っていた。映画の途中で、かのじょが静かに涙を流していたことに気が付いたのは自分だけだと大祐はひそかに確信する。帰りの電車でふたりになったとき、もしかして途中で泣いてた？　とたずねてみたら、かのじょは照れながら認めた。

――やだなぁ。気づいてたの？

大祐は正直に伝える。感性が豊かなんだね。みまちがいでなければ、かのじょは息を呑んだようだった。大祐からぎこちなく視線を逸らすと、

――……もしも妹と二度と会えなくなったらかなしいなって思ったら急に泣けちゃって。ばかでしょ。

妹がいるんだ、と大祐は言い、うん、そっちは？　とかのじょも訊く。

あのとき涙が出たのは、映画の内容と実はぜんぜん関係ない。かのじょが大祐にそう打ち明けたのは、空港でだった。

――もしも、あたしが台湾で育っていたら、字幕なんかに頼らずに済んだのになあって思ったとたん切なくなっちゃって……

かのじょの両親が台湾人であることは、大祐も知っていた。初回の授業でそう自己紹介していた。それにかのじょはしょっちゅう講師から発音のなめらかさを、台

湾っぽい、と褒められていた。

——あたし、空港が好きなの。

かのじょの一言で、デートの行き先は決まったのだった。そしてそれは、大祐にとっては人生ではじめてのデートでもあった。

展望デッキで眺めていたあの日よりも、発着陸する飛行機が間近に感じられる。今回は出国審査場のこちら側にいるからだろうか？　ガラス越しとはいえ、地面の上をゆっくりと走る飛行機を間近に見るのはふしぎで、大祐はしばし見とれる。そんな大祐の頭上で、出発案内のアナウンスが流れる。まずは日本語で。続けて、中国語が聞こえてくる。はじめての海外旅行。はじめての一人旅。でも、空港ははじめてではない。大祐は、胸ポケットのパスポートがちゃんとそこにあるのを確かめようと指をふれる。

——修学旅行のとき、はじめて知ったの。飛行機って、パスポートがなくても乗れるんだって。

あのときも、雲一つなかった。地下一階から五階まで吹き抜けの出発ロビーにはたっぷりの陽光が燦々と注がれていて眩しいぐらいだった。どうして空港が好きなの、と訊くと、なんかなつかしくなるんだよね、とかのじょは言った。子どものときから夏休みや冬休みは家族そろって祖父母のいる台湾で過ごした。だからあたしにとって空港は台湾での日々の一部のようなものだったのかな、そこまで話したところで大祐にむかって照れくさそうに笑ってみせる。

――今まで、こんなことだれにも話したことなかった。いま訊かれてみて、空港にいると帰ってきたなあっていう気持ちになる理由がはじめて自分でわかった。

台湾によく行くかのじょにとって、空港はそれほどなじみ深い場所なのだ。すごいなあと大祐は素直に思った。おれなんて一回も外国に行ったことないもん、と羨んだ。じゃあ大祐くんも持ってないんだね、とかのじょは言った。え？　海外旅行したことないんでしょ、ということは大祐くんもないのかなって。ないって何が？　パスポート、と告げる声は秘密でもうちあける調子だった。パスポート。大祐は合点がいった。そして、持ってないよ、とあたりまえのように答えた。かのじょは笑った。その顔が好きだと大祐は思った。展望デッキのガラスの向こうでは星が輝きはじめていた。スポットライトに照らされながら滑走路を行き来する飛行機はうつくしかった。この一日の終わりをなるべく引き延ばしたくて、夜の空港も見てみたい、とあらかじめ言っておいてよかったと大祐は心から思った。すぐに賛成したのはかのじょのほうも同じ気持ちだったからだとあとで知り、有頂天になった。それはとても幸福な、忘れがたい日々の始まりだった。

——大祐に、ふつうの日本人に、あたしの何がわかるっていうのよ？

もっと経験の豊かなおとなだったのなら、かのじょをちゃんと理解することができたのだろうか？　あるいは、矛盾を抱え込んだかのじょのあるがままを苛立つことなく受け入れられたのだろうか？　と大祐は思う。それは、うんざりするほど繰り返された。ふつうでわるかったな、とついに大祐が声を荒らげたとき、かのじょは青ざめながら、ごめんなさい、と蚊の鳴くような声で謝った。大祐はゆるした。

かのじょのことが好きだったから。かのじょと一緒にいたかったから。けれどもかのじょのほうが、大祐から離れて行ったのだ。

三十分はとても短い。ほんのちょっとぼんやりしているうちに過ぎてしまう。大祐は気をとりなおすと、「行き先」に「TAIWAN」と印字されたボーディングカードと、この旅行のために作ったパスポートを手に、搭乗口G 05があるほうへと進む。

日本人のようなもの

着陸体勢に入ったという機内アナウンスに詩婷《Shiting》はじっと耳を澄ます。まもなく東京国際空港です、という日本語が想像以上にくっきりと聞き取れたことにうれしくなる。

でも、これぐらいで喜んでいたらいけないとすぐに思う。今回は遊びに来たんじゃない。わたしは日本語を勉強するんだから、と狭い座席で誇らしげに背筋をのばす。

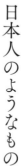

詩婷は夏休みの三週間を利用して、日本語学校の高校生向けサマーコースに参加する予定だった。日本語を学びながら、文化体験——夢にまで見たディズニーランドに行ったり、原宿とお台場に出かけたり、泊まり込みで京都・奈良観光したり——も満喫できるという願ってもない贅沢なプログラムを詩婷のために見つけてくれたのは、東京に住む従姉の怡婷《Yiting》だ。

——ぼくらの娘の母語は日本語なんだ。

それが、従姉の父親の言い方だった。詩婷が阿伯《apeh》と呼ぶその伯父は、詩婷の父親の兄にあたる。

（パパは姐姐《おねえちゃん》の名から一文字をとって、あたしを詩婷と名づけた）

阿伯の一家は怡婷が五歳になった年、台湾を離れた。詩婷がうまれる前のことだ。詩婷は、日本からやってくる六つ年上の怡婷に遊んでもらうのが好きだった。詩婷は日本語だとシテイと読むの、とまだ小学校に通う前の詩婷に怡婷は教えてくれた。ほかにもいくつかの日本語を詩婷は怡婷から教わった。

コンニチハ、アリガトウ、オイシイ、サヨナラ……

詩婷が怡婷と会えるのは、年に二度。新暦のほうのお正月と八月の半ばだ。日本の学校が冬休みと夏休みのときでなければ、怡婷は台湾に来られない。台湾では旧暦のお正月を重んじるので、新暦は年の暮れでも学校や会社は元日しか休みがない。その日も、家の中におとなはほとんどいなかった。おかげで詩婷は、いつもなら兄たちが占領している子ども部屋に堂々と怡婷を招き入れることができた。子ども部屋の引き戸を開け放すと、隣の居間から涼台《ベランダ》まで一続きになる。涼台の柵から外にむかって溢れる勢いで繁っている観葉植物には、母や伯母たちが洗濯物を干すついでにホースで水をやる。涼台と部屋の境目に祖父の定位置である籐の安楽椅子があった。その日も祖父はいつもどおり椅子に揺られながらうたた寝をしていた。先に口を開いたのは怡婷だ。サテ、と呟いてから、わたしたち何してあそびたい？　詩婷は胸を弾ませながら従姉に答える。んーっとね、あたし、学校ごっこがいい。自分以外は皆通っているという学校に、幼稚園児の詩婷は憧れていた。いいよ、そうしよ、と怡婷は賛成した。そしたらあたしは先生になって日本語を教えてあげる。ア、イ、ウ、エ、オ、カ、キ、ク、ケ、コ……

怡婷が唱えたとおりに、詩婷も復唱する。ㄅ、ㄆ、ㄇ、ㄈと口にするときよりも特別な感じがして、詩婷の心は弾んだ。しばらくそうやっていたら、安楽椅子に寝そべっていた祖父が声をあげて笑った。詩婷も怡婷もほとんど同じタイミングで祖父のほうを見る。

――続けてごらん。

祖父が口にした、ツヅケテゴラン、の意味が詩婷にはわからなかった。けれども怡婷はにっこりと笑って、ハイ、とうなずいた。

（阿公《おじいちゃん》は、姐姐《おねえちゃん》と日本語で喋っていたっけ）

それもあって、詩婷は日本育ちの従姉への憧れをますます募らせる。

機内の窓に額をおしつけて東京が自分に近づきつつあるのを感じながら詩婷は思いだす。

いつか哥哥《にいさん》たちが、姐姐《おねえちゃん》のことをからかったことがあったっけ。怡婷の喋り方は幼稚だなって。

哥哥《にいさん》たちがそう言うのも無理はない。

年下の詩婷の耳にも、不知道《知らない》、と言うときの怡婷姐姐《おねえちゃん》の発音はちょっと舌足らず。bùzhīdào を、bùzīdào だなんて。ちっちゃな子どもみたいでカワイイなと思っていた。日本語はとびきりうまかったが、その分、怡婷の中国語には子どもっぽいところがあった。

ようちえんじみたいなしゃべりかた、と哥哥《にいさん》たちがはやしたてたとき、姐姐は顔を真っ赤にした。きっと、姐姐は怒ったのだ。喧嘩が始まるのかな、とはらはらしていたら、なんと姐姐はその場で声をあげて泣きだした。

あれにはみんながびっくりした。

あたしもびっくりした。

哥哥《にいさん》たちは爸爸《とうさん》からこっぴどく叱られるし、姐姐のパパとママである阿伯《おじさん》と阿姆《おばさん》は日本語をまじえながら嗚咽がとまらない娘を気まずそうになだめるし、あまりにもめちゃくちゃなので阿公《おじいちゃん》も安楽椅子から飛びあがって何があったんだって叫ぶんだけど、他のみんなはおお忙しだったたので、哥哥《にいさん》たちが怡婷姐姐に意地悪したの！　とわたしが説明するしかなかった。阿公《おじいちゃん》は、わたしの拙い説明では到底合点がいかず、しきりに目をぱちくりさせていた。

……そのことがあって以来、だれも表立って怡婷の中国語をからかうことはなかった。伯父の一家が台湾に帰ってくる機会が減ったのもある。阿公《おじいちゃん》の葬式で再び皆が集まったとき、詩婷は十歳になっていた。怡婷は高校二年生だった。好久沒見《おひさしぶり》、とほほ笑む怡婷もぎこちなかったが、詩婷の兄たちもまた東京から帰ってきた従妹との会話をうまく続けられず、阿公を悼むいとこ同士の間には気まずい沈黙が何度もながれる。兄たちが怡婷のことを避けていたおかげで、詩婷は思う存分、従姉に話し掛けることができた。

——あのね、入院中だった阿公《おじいちゃん》はあたしのことをよく怡婷姐姐《おねえちゃん》とまちがえてたのよ。

――阿公《おじいちゃん》が？　あなたをあたしに？

――うん。だって、ヨクキタネ、っていうの。これ、日本語なんでしょ。あたしわかんないのに。だからたぶん阿公《おじいちゃん》、あたしを怡婷姐姐《おねえちゃん》だってかんちがいしているんだって爸爸《とうさん》も姑姑《おばさん》も言うの。

――そう……

――あたしも姐姐《おねえちゃん》みたいに日本語が話せたらよかったなあ。

詩婷のことばに目を赤くした怡婷は、笑った。そして、あなた日本語話したい？と以前よりもたどたどしい中国語で詩婷に訊く。詩婷は目を輝かせながら、もちろんよ、と答える。どうしてあなた日本語話したい？　だってあたし日本が好きなんだもん。日本があなたは好き？　うん、とても好きよ。詩婷の従姉はまた小さく笑い、重ねてたずねる。あなたは日本の何が好き？　何って色々だよ、と詩婷は答える。色々？　うん、ほら日本には素敵なものいっぱいあるじゃない。詩婷は嬉々として自分の好きな日本のアニメやマンガの名を羅列してみせる。怡婷は一生懸命耳を傾けながらも、詩婷の好きと言うもののうち、いくつかしかわからないようで、仕舞にはこう言ったのだった。

——詩婷、你比我喜歡多了日本。

文法のおかしな中国語だった。でも詩婷には、怡婷の言いたいことがちゃんとわかった。詩婷、あなたのほうがわたしよりもずっと日本が好きなんだね。文法もそうだけれど、怡婷は発音もどことなく台湾人らしくない。一言でいえば、中国語をおぼえたての日本人っぽいのだ。

——阿公《おじいちゃん》の知り合いの日本人のお嬢さんなのかと思いきや、怡婷なんだもんな。あいつ、ますます日本人じみてきたよ……

日本人じみてきた。

兄たちはそう言うけれど、詩婷ははじめから日本人みたいな怡婷しか知らない。

おまえは知らないだろうけど怡婷のやつガキの頃は中国語がちゃんとできたんだぜ、

だ。

と兄は言う。哥哥《にいさん》だけではない。大人たちによれば怡婷は小さいとき、一歳三カ月年上の詩婷の兄よりも喋りだすのが早かった。そしてよく言い負かせていた。

——そうだな。怡婷は台湾人じゃない。ちょっと中国語ができる日本人って感じだ。

兄と従兄たちがそう結論づけるのを聞きながら詩婷は、怡婷の境遇を羨望せずにいられない。わたしも日本で育ちたかった。あの子は台湾人っていうよりも日本人のようなものだね、なんて言われる人生を歩んでみたかった。中国語ではなく、日本語で姐姐《おねえちゃん》にそう伝えたら喜んでもらえるだろうか?

(そのためにもわたしは、がんばって日本語を勉強する)

入国審査の列に並びながら詩婷はあらためて決意する。

「詩婷《Shiting》!」

到着ゲートをくぐり、スーツケースをのせたカートを押しながらうろうろしていると後ろから声をかけられる。期待をこめてふりかえると、伯母がほほ笑んでいる。

よくきたわねえ、と両手をひろげているかのじょに、阿姆《àmǔ》、と詩婷はまず呼びかけ、それから、

「怡婷姐姐！」

伯母の隣に立っていた従姉に笑いかける。台湾からやって来た詩婷を抱きしめながら、ヨウコソ、と怡婷は言う。その日本語が「歡迎」を意味することを詩婷はまだ知らなかったが、自分が従姉に歓迎されていることは充分に感じとれたので、たまらなくうれしい。

あの子は特別

日本が見える。

といってもまだ、飛行機が離陸するのを待ちこがれていた約三時間前に見た景色とほとんど変わらないのだけれど。あかるい曇り空がひろがっていた。滑走路の灰色の地面のむこうには質素なつくりの建物がつらなっている。雅玲《Yaling》が席を換わってくれたので、怡君《Yijun》は思う存分、窓の外の景色を堪能できた。雅玲は飛んでいる間じゅう、ぐっすりと眠っていたため、じゅうたんのように敷き詰められた雲をみおろしながら輝く三日月を見つけたときはひとりでそっと感動を味わった。

パアッと旅行でもしようかなあ、と言い出したのは怡君のほうだ。会社と自宅を行き来する日々は穏やかながらも少々退屈だった。その反動で休日はついつい散財してしまう。それならいっそ海外旅行でもしようと思いたった。日本なんてどうかな？　と提案したのは雅玲だ。あたし築地っていう市場で生のおさかな食べてみたい。そう言った雅玲に、生のおさかなはオサシミって言うんだよ、と怡君は教える。おっ怡君は日本語がわかるんだ？　雅玲の期待に応えようと怡君は記憶をたどっていくつかの日本語を披露してみせる。コンニチハ（你好）、アリガト（謝謝）、ワカッタ（明白了）、ナルホド（原來如此）……すごいじゃん、と雅玲が感心する。あっもうひとつあった、と怡君は付け加える。マタネ！　雅玲が鸚鵡返しする。マタネ？

――〝マタネ〟は〝再見《zàijiàn》〟……ううん、ちがう。どっちかといえば〝拜拜《byebye》〟って感じかな？

怡君にそう教えたのは、ススム、という名まえの男の子だった。

小学生の頃、怡君は家の近くの公園でススムと知り合った。

怡君の一家が住んでいたのは民國六十年代築のアパートで、隣近所も似たような建物が所狭しとひしめいていたが、小高い丘を挟んだ反対側の地域では高級公寓《マンション》が次から次へと空を突き刺すように建てられていた。ススムが某企業の駐在員である両親とともに住んでいたのも、そういう新築マンションの一室だった。怡君たちが暮らす地域と新開発地域の境界地帯である丘の真ん中につくられた児童遊園の地面に、進《jìn》、という漢字を描きながらススムは台湾の子どもたちに自己紹介した。

——これがぼくの名前。日本語では〝ススム〟と発音するんだよ。

——ススム？

怡君は真っ先にそれを復唱した。ススム、ススム……繰り返してみせると、じょうずじょうず、とススムがにっこりと笑って怡君を褒める。

日本人にしては、ススムの中国語は特別に流ちょうだった。それもあるからか、ススムはすすんで台湾人である怡君たちと遊びたがった。あの子は特別だよね、とみんなで言い合った。大抵の日本人の子どもは、児童遊園に来てもいつも自分たちだけでかたまっていた。まるで、わたしたちのことなんか目にも入っていない調子で。

高級マンションからスクールバスで丘の向こうの日本人学校に通う子どもたちは、これからもずっと台湾にいるわけではない。かれらの父親はほぼ全員が、日本の名だたる商社の駐在員として台北に来ている。滞在期間は長くてもせいぜい四、五年。ほとんどは二、三年で日本に帰国する。怡君たちにとっては生まれ故郷であり、これからもよっぽどのことがない限り暮らし続けるであろう台湾が、日本人の子たちにとっては仮ぐらしの地でしかない。だから溶け込む必要もない。

それは子どもたちに限ったことではない。あの子たちのお母さんは、もっと露骨だった。

怡君の父親は餐廳《レストラン》をやっている。家族経営で従業員も親戚ばかりという小規模なものだが、一時期、ケータリングをしていたことがあった。注文が来ると叔父か従兄がスクーターを飛ばして届ける。叔父と従兄だけでは手が足りないときは怡君の母親が出前先に行くことがあった。配達地域にはススムが住む例の高級マンションも含まれていた。怡君の母は裏門の脇に自転車を止めると、弁当箱を抱えて得意先の部屋番号を押す。背広姿の警備員が見張るようなエントランスだ。弁当を抱えながらエレベーターを待っていると、三人の女性が反対側から近づいてくる。住人らしきかのじょたちはマンションの正門から入ってきたらしい。垢ぬけた格好とふわっとした華やかな香りから、一目で日本人の妻たちだとわかる。狭い空間だ。怡君の母は微笑しながら、ニイハオ、とかのじょたちにむかって声をかける。女のうちのひとりと目が合うが、返事はない。怡君の母からさっと目を逸らすと、連れのふたりにむかって囁くようにかのじょは喋り出す。日本語で交わされるその内容が怡君の母にはまったくわからない。上昇するエレベーターの中で、うふふふ、といった調子の甲高い笑い声がときおり挟まる女たちの日本語は続く。

怡君の母親や叔父や従兄がそういう目に遭ったのは、一度や二度ではなかった。日本の奥様連中にとってはあたしらなんかいないに等しいのよね、と親たちが嘆くでもなく腹を立てるでもなく淡々と言い合うのを聞いていた怡君は、母親たちからしてそうなのだから日本の子たちが自分たちを相手にするわけないいんだろうな、と思っていた。

だからススムは特別だった。怡君は雅玲に語る。あの子は日本人といるよりも、わたしたちと遊びたがった。中国語を積極的に話したがった。それどころか、台湾語もおぼえたがったの。雅玲はそこで噴き出す。

——ナ・ウ・ゴーリン《冗談でしょう》！

怡君はもちろん嘘をついていないし、誇張もしていない。ススムは本当にそんなふうだった。怡君たちに、台湾のことをたくさん聞きたがった。

——どうして台湾は中国じゃないのに台湾人は中国語を喋るの？

——なんで台湾のひとはみんな台湾語もじょうずなの？

——みんなの阿公《おじいちゃん》や阿媽《おばあちゃん》が日本語できるのはどうして?

どれもこれもススムに訊かれなければ考えもしなかったようなことばかりだ。わたしたちが知恵を絞って答えると、ナルホド、とススムは真剣な顔つきでうなずく。

——その子、ちょっとどころか、だいぶ変わってる。

雅玲の言うとおりだ。でも別に日本人から仲間外れにされているとかそういうんじゃなかったと思うの、と怡君は断言する。だってあの頃、わたしだけではなく、ほかの皆も日本からやってきたススムのことが大好きだったんだから……そう、だってススムはとても帥哥《ハンサム》だった。別れ際に〝マタネ〟とほほ笑んでみせるときの表情が、特に素敵だった。

けれどもススムもまた、他の日本の子たちと同様、いつまでも台湾にいるわけではなかった。ススム自身はどうだったのかわからないけれど、台湾の子どもたち——少なくとも怡君は、そのことをなるべく考えないようにしていた。それどころかススムだけはこれからもずっと台湾にいてくれるにちがいないと思おうとしていた。ひょっとしたらススム自身もそんな気持ちだったんじゃないかな？　だからススムは、わたしたちと過ごした最後の日も、近いうちにまた会えるという調子で〝マタネ〟って笑って、自分の家に、丘の向こうの高級マンションに、帰っていった。

しょっちゅう遊んでいたといっても、毎日ではなかったから、はじめの数日は、ススムがいなくなったとは思わなかった。ススム、日本に帰っちゃったのかな、とだれかが口にしたとき、皆はいよいよその事実を受け入れなければならなかった。自分たちの友だちは、ススムは、もう台湾にはいない……それは怡君が、自分の初恋はいま終わった、と悟った瞬間でもあった。

——それきり？

雅玲はあまりにあっけない結末に物足りなさそうだ。でもしかたがない。これきりだったのだから。ススムの連絡先を調べようにも、どうしたらいいのかわからなかった。あのよそよそしい中国語をぜんぜん喋れない日本の子どもたちに聞いたって教えてくれそうにないし。それによく考えたらわたしたちの誰も、ススムのフルネームを知らなかったのだ。

あれから十年以上が経っている。

着陸した飛行機が減速する。窓のむこうのTokyo International Airportという文字を見つめながら怡君は、大人になったススムを想像してみる。你好（コンニチハ）、謝謝（アリガト）、明白了（ワカッタ）、原來如此（ナルホド）……かれはまだ中国語をおぼえているだろうか？

「着いたね」

怡君の肩に顎をのせて雅玲も窓をのぞきこむ。ン、と怡君はうなずく。オサミミが待ち遠しい！　と雅玲が小さく叫ぶ。オサシミ、と訂正する怡君の声も弾む。有給休暇は三泊四日。怡君は雅玲と、築地で生のおさかなを食べる以外にも、日本でしようと思っていることがたくさんある。胸が高鳴る。シートベルトの着用サインが消えた。乗客たちが一斉に立ちあがって降りる準備をするので、機内はにわかに活気づく。フライトアテンダントによる搭乗客への感謝を伝える機内アナウンスが流れる。中国語に続いて、英語。最後が日本語だった。またのご搭乗を心よりお待ち申し上げております。そのしとやかな声色は怡君を心地よくさせる。この旅行は気晴らし以上のものになると怡君は予感する。

異境の台湾人

Jessicaとその両親に見送られながら、「国際線出発口」の中に俊一郎《しゅんいちろう》は進み入る。後ろを振り返ると、閉まる寸前の自動扉の隙間からJessicaと母親がまだ手を振っているのが見える。やはりよく似た母娘である。つい頬をゆるませる俊一郎に、護照《hùzhào》、と保安検査場の係員が言う。フーヂァオ？　意味がわからず鸚鵡返しする。係員はただちにPassport pleaseと言い直す。アソッカ、と日本語を洩らしながら俊一郎は慌てて胸ポケットから紺色のパスポートを取り出した。

その後の出国手続きまでの流れはすこぶる順調だった。

せっかく台湾に来たのに、結局、中国語をほとんどつかわなかった。とはいえ俊一郎の中国語はほんの数週間、昼食の時間に台湾出身のクラスメートであるKellyに教わったぐらいなのだが。

俊一郎と同じように留学生としてアメリカに来ているKellyとちがって、Jessicaは六歳のときからサンフランシスコに住んでいる。

——あたし中国語はぜんぜん喋れないもん。

英語であっけらかんと言うJessicaに対してKellyもまた、そうだねきみはどっちかといえばAmericanだよ、と屈託なく認める。確かに、台湾人同士のふたりが中国語で会話するところを俊一郎は見たことがない。それなのにJessicaはKellyが俊一郎に何か教えるたびに、あそれ知ってる、とか、うん聞いたことある、などと口を挟んでは子どものように目を輝かせる。へえ、思ったよりはできるじゃん中国語《Chinese》、と感心したら肩をすくめて。

——台湾の親戚たちからは会うたびに、兪涵、妳的母語越来越退步了、と馬鹿にされてばっかりなんだけどね。

Jessicaの本名は兪涵《yúhán》。いや、本名というよりはChinese nameというほうが正しい。

——兪涵、おまえの母語《ちゅうごくご》はますます退化してきたな。

しかたがない。兪涵であった時間よりもJessicaとして英語を喋ってきた時間のほうがかのじょはずっと長いのだから。

松山機場——台北松山空港——は、俊一郎の知るどの国際空港よりもこぢんまりとしていた。日本の地方の国内線を思わせる落ち着いた雰囲気はなかなかわるくなかった。論文を提出するまであと半年しかないので、俊一郎は極力、帰国を控えるつもりでいた。しかし台湾まで来てしまうと、日本はもう目と鼻の先である。あなたのペアレンツもあなたに会うのを望んでいることでしょう、というJessicaの母親のことばに背中を押されて、東京行きの航空券を購入することに決めた。両親はともあれ高齢の祖母には顔を見せておきたくなったのだ。俊一郎はいつになくゆったりとした心地で窓辺に歩み寄る。なだらかに連なる山々を背にしたビル群を眺めながら、圓山大飯店《Yuánshān dàfàndiàn》は見えるだろうかと考える。空は、厚い雲に覆われていたが明るかった。Jessicaが、自分の性格がざっくばらんなのはカリフォルニアの青空のせいだと冗談めかしながら決めつけていたことを俊一郎は思いだす。

——雨がしとしと降ってばかりの台北で育っていたら、あたしはもっと繊細《sensitive》だったかもね。

俊一郎が滞在していた三日間、台北はずっと雨か曇りだった。水気をたっぷり含む風が肌に触れるのは心地よかった。夜、町中の電光看板から放たれる光彩を反射したコンクリートの地面が雨に濡れているさまを見ていたら、思いがけず懐しさがこみあげてくる。その光景は東京の夜と似ていた。いつか自分は、Jessicaのことを東京郊外に住む両親やきょうだいたちに紹介するのだろうか?と俊一郎は考える。東洋人であるJessicaが、英語しか喋れないと知ったら家族はどんな反応をするのだろう? そんなことを考えていたのもあり、おかあさんあっちもみてみようよ、という声に俊一郎はハッとさせられる。俊一郎の脇を、中学生ぐらいの女の子とその母親が連れだって通り抜けてゆく。売店のほうに向かう母娘の後ろ姿を眺めながら、もう半年近くも日本人が話す日本語を耳にしていなかったと俊一郎は気づく。台北発東京着の便に搭乗予定の乗客のほとんどが日本人だった。

(もう日本にいるみたいだ)

空港内をぶらぶらと歩き続けているうちに、書店と呼ぶにはささやかすぎるスペースに所せましと雑誌や書籍が並べてあるのを見つける。中国語のものばかりで俊一郎にはとても読めないが、ついつい見入る。そうするうちに、かがんでいた女の子の頭にうっかり肘をぶつけてしまった。Sorry! と謝る俊一郎にむかってOK、OKと言いながら相手も慌てて立ちあがる。高校生だろうか? Are you OK? と俊一郎がもう一度たずねると、ずれてしまったらしい眼鏡を両手で整えながら、OK、OKと女の子も繰りかえし、その場をそそくさと離れていった。わるいことをしてしまった。俊一郎はかのじょが眺めていたらしい雑誌のほうに視線をやる。週刊誌がずらっと並んでいる。どの表紙も皆、同じ人物の顔写真で飾られていた。「中華民國」「新總統」「新臺灣」「民主黨」といった漢字が躍る。漢字で書いてあれば何となく理解できるので、日本と台湾の距離はやっぱり近いなと俊一郎はあらためて思い知る。そのとき、記憶がよみがえる。

眼鏡をかけていたのですぐにはわからなかったが、あの女の子とは、前々日に圓山大飯店の宴会場で催された結婚披露宴で挨拶を交わしている。

その日の新郎はJessicaの従兄だった。

Steadyではあるけれど、Jessicaとは結婚どころか、婚約すらしていない。そんな自分がJessicaの身内の祝宴に参列していいものかと俊一郎は遠慮したが、Jessicaにもかのじょの両親にも、何を気にするというのか、と笑いとばされた。祝い事なのだから祝うひとは少しでも多いに越したことはないのだと。Kellyに確認しても、台湾ではそれがあたりまえだよ、と言うので俊一郎は腹をくくり、ガールフレンドの、というよりは、ガールフレンドの両親の出身国である台湾をおとずれることにした。Jessicaの両親は、中国語訛りとすぐにわかる英語を話す。ときおり聞き取りにくいこともあったが、日本語訛りの自分の英語をコンプレックスに思っている俊一郎にとっては、かえって気楽な話し相手でもあった。

約十一時間に及ぶ飛行の旅を経て台湾に入国後、中国語をつかわなければならない場面になるとJessicaは何もかもを両親任せにした。まるでそうされる権利が自分にはあるのだと言わんばかりに。Jessicaの母親が俊一郎に嘆いてみせる。

——あの子ときたら、むかしっからそう。台湾では自分の両親を便利な通訳にしか考えてないのよ。

茶目っ気たっぷりに笑う顔つきが娘そっくりだった。

そんなJessicaの両親による手厚い通訳のおかげで、台湾にいる間じゅう、俊一郎がKellyのレッスンの成果を発揮する機会はなかった。宴会の席では、俊一郎が外国人だとわかるとJessicaの親戚や幼なじみたちの多くは、Hiと挨拶をした。簡単な会話ならほとんど英語で事足りてしまうのだ。

いま思えば、あのときのJessicaの、他是日本人、と俊一郎を示したときの響きは特別だった。Jessicaの伯父だという体格の良い男性が、ハジメマシテ、と俊一郎にほほ笑みかける。俊一郎は一瞬、それが日本語だと気づかなかった。Jessicaがいたずらっぽく笑ってThey've lived in Tokyo. と俊一郎に説明する。やっと合点がいった俊一郎にJessicaの伯父が、

——あなたは日本人ですか?

とたずねる。ハイ、ボクハニホンジンデス、と返す俊一郎の日本語のほうがたどたどしく聞こえたにちがいない。その隣にいた婦人が、

——兪涵、我沒想到妳有這麼帥的日本男朋友!

とJessicaに声をかける。おそらく大柄な男性の妻で、Jessicaの伯母なのだろう。何となくからかうような口調からJessicaとその伯母が親密な間柄であるという雰囲気が伝わる。阿姆、說真的我也完全沒想到! Jessicaもめずらしく中国語で会話している。台湾は初めてですか? 台湾は楽しいですか? と俊一郎にたずねる

Jessicaの伯父の日本語につられて俊一郎も、はい初めてです、はい楽しいです、と語学教科書の登場人物のようなしゃべり方になってしまう。日本に住んでいると聞かされつつも、俊一郎は相手をこんなふうに褒めずにはいられなかった。

——ほんとうに、日本語がおじょうずなんですね。

恰幅のいい体をゆすりながら男性は笑った。

——どうもありがとう！　しかしながら日本語は、ぼくの娘がもっとじょうずですよ。

そのときはじめて俊一郎は、男性の傍らにいたかのじょに気がついた。大柄な父親とちがって、華奢で背の低い少女だった。俊一郎を何より驚かせたのは、その顔立ちがJessicaの素顔とよく似ていたことだ。薄化粧どころか、たぶん顔に何も塗っていないかのじょが俊一郎にほほ笑みかける。ハジメマシテ、と言いかける俊一郎の声に覆いかぶさるように、姐姐！　というJessicaの声が割り込む。Kellyのレッスンによれば「姐姐」は、姉という意味だ。高校生に見えるかのじょがJessicaよりも年上だということに俊一郎は二度驚く。従姉妹同士は中国語で言葉を交わす。Jessica に相槌を打ちながらときおり自分のほうに注がれるかのじょのまなざしには親しみがこもっている……と俊一郎には感じられた。残念ながら東京に住んでいるという Jessica の従姉と俊一郎が会話を交わす機会は、衣装替えした花嫁の再登場で流れてしまったのだけれど。あとになって、きみがすすんで中国語を話すなんてめずらしいよ、と Jessica に告げると、

——ふふ、ねえさんは英語が苦手だから。それに、あたしとねえさんの中国語は同レベルだって皆が言うんだもん。

俊一郎は、Jessica と似た顔立ちのかのじょの従姉が、日本に留学中の台湾人とこんな会話を交わす姿を想像する。

——あたしは、中国語が少ししかわからないの。

——そうだね、どちらかといえば台湾人よりも日本人みたいだもんね。

縁あって知り合ったのだ。それが同じ時刻に、同じ空港にいるなんて奇遇ではな

いか？　ひょっとしたら同じ便で東京に向かうのかもしれない。俊一郎は奇妙に胸を弾ませながら空港を見渡す。日本で育ったという Jessica の従姉に話し掛けたいという思いを募らせて。けれどもいくら目を凝らしても、俊一郎はかのじょを見つけられなかった。

親孝行

地鳴りがする。だれかが叫ぶ声が続いた。文健《Wénjiàn》が目を開けると、隣でねむっているはずの両親がいない。隣の間に続く扉から灯りが洩れていた。

「パンイェーネ《真夜中だよ》！　急に、どんどんどんどんってドアを叩く音が聞こえたの。地震かと思った。でももっと恐ろしかった。ドアを蹴り破って、警官たちはなだれこんできた。ふるえあがるあたしを庇うように、みにおぼえがない、とあのひとは主張した。でも、そんなのかまわず、あいつらはあのひとを引き摺って行ってしまった、まるで罪人にするみたいにひどく乱暴だった。あのひとはどうなるの？　アヒア《にいさん》、あたしはどうしたらいい？……」

声の主は阿姑《おば》だった。なぜ、阿姑《アゴー》はあんなふうに泣き喚いているのだろう？　扉の傍らにいる文健の姿に気づいた母が立ちあがる。ボーアンナ《なんでもないの》。文健をなだめるというよりは母自身が落ちつかなければとつとめる口ぶりだった。

「なんでもないの、心配しないで……」

そう繰り返す母に抱きあげられながら文健は、おとなたちのようすをうかがわずにいられない。髪を振り乱して泣き続ける寝間着姿の叔母。上半身に汗粒を光らせながら険しい形相でいる父。いつもならいるはずの叔父の姿はなかった。ビェン・ファンロー《しんぱいしなくていいのよ》。母が念を押す。布団の中に戻されたあとは、とぎれとぎれに聞こえてくる叔母の泣き声や、父が歩き回るせいで床がみしみしと軋む音を枕の下に感じながらいつのまにか眠りにおちた。どんなふうに次の日を迎えたのかはまるきり覚えていない。それでも、身重の叔母が突然駆け込んできた夜のただならぬ気配のことなら、五十になろうとする今でもはっきりと思いだせる。

当時の國府は、共産党スパイの粛清を目的に、前時代――日本統治期――に、高度な教育を施された青年たちの連行と逮捕を日夜繰り返していた。

（ワ・ンーザイヤ《おれがいったい》、ワ・ゾン・シャメ《なんの罪をおかしたという》！）

運の悪いことに、すでに逮捕されていた元同級生に宛てたたった一枚の葉書のせいで、阿姑《おば》の夫は、政治犯の一味として投獄された。父はそこらじゅうに頭を下げて警察官への賄賂のために貯金をはたこうとしたが、はした金にしかならず、姑丈《おじ》の処刑は免れなかった。尤もこうした話は皆、あとになって聞かされた。その頃のことで文健自身が覚えているのは、出産直後の疲労のせいで昏々と眠りこむ叔母の姿と、難産の末にやっとうまれた赤ん坊を抱きながら、パイミャアエギンナァ《かわいそうな子ども》、と母が涙をながしていたようすだ。

叔父の忘れ形見は、文健の父親によって文誠《Wénchéng》と名づけられた。

子どもの頃から文誠はずば抜けて利発だった。文健にはとても手の届かない台湾最難関である建國高級中學にも難なく進み、三年間を通じて成績も常に上位だった。そんな甥が、経済的な理由で進学を断念しなければならないのが耐えられなかったのだろう。生涯をつうじて家計に余裕がなかったはずの父が、このときばかりはそこらじゅうからかき集めたお金を甥のためにぽんと差し出した。おかげで文誠は、死んだ父親の母校である臺灣大學――かれの父親が通っていた頃は「臺北帝國大學」と呼ばれていたのだが――に進学することがかなった。

大学在学中に文誠は同級生たちと電卓メーカーの会社を起業し、卒業するとやはり同級生の一人である女性と大急ぎで結婚式を挙げて、その半月後には日本支社の取締役として新妻と東京に移り住んだ。いまでは日本国籍を持つ文健の従弟が、文健の両親を日本に招待したいと電話を寄越したのは半年ほど前のことだった。

――ちょうど大舅《おじさん》は今年で七十歳になる、そのお祝いも兼ねてさ……

文健はしぶった。

――数年前ならまだしも、いまの爸爸《とうさん》に遠出、しかも海外旅行など、むずかしいよ。

すると受話器の向こうの従弟は、だからこそじゃないか、と語気をつよめるのだ。

——哥哥《にいさん》、この先何があるのかわからない。いまのうちに親孝行をしておかないと、ぼくたちが後悔することになるよ。

我們《ぼくたち》、とは。昔からそうだ。父に対しては、この従弟のほうがよほど息子らしい。

——大舅《おじさん》がいなければ、いまのぼくはないよ。

文誠はきっぱりと言ってのける。

——大舅《おじさん》を日本に招くのは、ぼくもずっと願っていたことなんだよ。ずいぶん待たせてしまったけれど、この機会に弟弟《おとうと》の希望も叶えるつもりでさ、どうか頼むよ哥哥《にいさん》……

旅費を出してくれるって言うんでしょ、いいじゃないの、お母さまと三人で行ってらっしゃいよと文健の妻も賛成する。

——あなたは遠出というけれど、日本なんて長沙よりはずっと楽に行けるところでしょう。

妻の言うとおりかもしれないと文健は思う。

数年前、文健は妻の父親をともなって湖南省の長沙をたずねた。文健が物心つくかつかない頃から敷かれていた戒厳令が解除され、台湾住民が大陸へ親戚訪問することが許されるようになってまもない頃である。その旅は妻が振り返るように決して楽ではなかった。香港経由で上海に入り、そこから鉄道に乗り継ぐ。義父の故郷は、長沙よりもさらに奥まった場所にあった。霧に煙る岩峰の圧倒的な風景をまのあたりにしたときに文健は、遠路はるばるたずねた甲斐があったと心底感動した。ふと横を見ると、妻が父親の背中をさすっている。気難しい義父が嗚咽する姿に文健は息を呑み、目を逸らす。妻の父親はまだ十代の頃、国民党の下級兵士としてこの土地から台湾に渡った。半世紀ぶりの帰郷は、さぞ胸に迫るものがあったに違いない。

日本で富士山を見るという悲願が叶ったら、父も感激の涙を流すのだろうか？

ただし、岳父にとっての長沙がそうであるように、父にとっての日本は決して生まれ故郷ではない。それどころか父は一歩も日本に足を踏み入れたことがない。それなのに父は、ことあるごとに富士山の神々しさを語り、天皇陛下がお住まいの皇居を死ぬまでに一度は拝みたいと繰り返してきたのだ。

父の日本贔屓は、異常なほどだ。文健は、大日本帝国の植民地だった屈辱を度外視し、日本統治時代の台湾を過剰なまでに美化する父がたまらなく鬱陶しかった。中学生のとき、文健が国語の時間に書いた作文を一目見るなり父は眉間に皺を寄せた。「遵從國民黨領導」という冒頭の一文をさも汚いものでも眺めるように、国民党はだから卑劣なのだ。おまえのような愚かな子どもを洗脳しながら台湾にふんぞりかえっている。父のこの言い分は、文健を不愉快にさせた。それでつい口答えをした。そういう父さんこそ毒まみれじゃないか。学校の先生は父さんみたいなひとは大日本帝国主義の奴隷根性が抜けていないと批判していた。息子の思いがけぬ反撃に、父は全身を震わせながら殴らんばかりの勢いで迫ってきた。文健も拳を握った。おまえみたいなガキになにがわかるんだ。父さんこそ日本、日本、日本ってそんなに日本人が立派だっていうんならなんだってあいつらは戦争に負けたんだよ！　母が泣きながら止めに入らなければ、父子の取っ組み合いはどちらかが気絶するまで続いただろう。

（狗去豬來《イヌが去ってブタが来た》）

おそらく、義弟が処刑された一件が決定的だった。それは、あたらしい支配者に対する拭えぬ不信感を父に植え付けた。今となれば、あれが白色恐怖《テロ》だったことは誰の目にも明らかだ。とりわけ父の世代の台湾人が、國府をあれほど忌み嫌うのも無理はない。そして、その反動で、前の時代のほうがずっとマシじゃないかという思いに拍車がかかった。当時の父の倍の年齢になった今だからこそ、文健はそう思えるようになった。

——リー、リゴン、ベ、ツァア・ワ・キ・グァ・フジサン？

声を震わせながらそう言ったときの父の潤んだ目を、自分は生涯忘れることができないだろうと文健は思う。

——おまえ、このおれを富士山に連れていってくれると言ってるのか？

父がその気になっていると伝えたら、受話器の向こうの文誠の声が弾んだ。

——オジイチャンが来たら、うちの子たちも喜ぶよ。あの子たち、大舅《おじさん》のことが好きだからね。

文誠には日本生まれの娘と息子が一人ずついる。イン・ロン・チョ・ガーイ・ドアグー。確かにそうだな、と文健は従弟に同意する。日本育ちの姪と甥にひきかえ、文健の息子たちは同じ台湾にいながらも内公《父方の祖父》にはあまりなつかなかった。日本語はおろか、台湾語も不得意な文健の長男と次男は、決して中国語を話そうとしない祖父とどう接していいのかわからないらしい。文健は、息子たちと父親の距離を強いて縮めようとしなかった。文誠の子どもたちから、オジイチャン、と呼ばれた父が嬉しそうに表情をゆるませる姿には複雑な思いを抱くこともある。父ほど日本や日本語に思い入れのないはずの母も、東京から帰ってきた孫たちからオバアチャンとなつかれることをたいそう喜んでいた。外国育ちの姪と甥が話すことばが文健にはちんぷんかんぷんでも、両親にとっては、かつてしゃべっていたなつかしい言語なのである。胸を射す影を振り払うように文健は文誠に言う。旅費のことだが……文誠はかれの従兄にそれ以上言わせなかった。

――水くさいこと言わないでくれよ。この旅行はぼくから哥哥《にいさん》への感謝でもあるんだから。

文健は、父の誕生日を祝うためなら文誠に全額負担させるのはおかしい。折半とまではいかずとも、自分のほうでも何かを負担したいと告げるつもりだった。それを見越したかのように文誠は強調する。ぼくは哥哥《にいさん》にすごく感謝しなければいけないんだ……媽媽《かあさん》のことで、とことばを詰まらせた。おそらく嗚咽をこらえている従弟に、いいんだよ、と告げる文健の口調はぶっきらぼうなものだった。外国にいる従弟の代わりに台湾にいる自分が阿姑《おば》の面倒をみるのは当然のことだと思っていたし、その最期を看取ったことについても、ことさら感謝されるべきではない。そう思ったが、旅費を負担せずに済むのなら文健にとっては正直有難いことなので、文誠の好意に甘えることにした。そうと決まれば文健は、遠慮なく奮発したのだ。

……Cクラス以上の搭乗券を持つ乗客のみが入室できる特別待合室の入り口で、文健は三人分の護照《パスポート》と登機證《ボーディングカード》を提示する。受付の女性が自動扉をとおり抜けるように促す。請往這邊。この程度の中国語なら両親にも理解できるはずだが、グンリキライテェ、と文健は台湾語で言いながら、ずいぶんきらびやかなところなんだねえ、と感嘆している母の背中を押し、ここから飛行機に乗るのか？ と辺りを見回している父にも同じようにする。あたりは文健が見渡す限りビジネススーツの者ばかりである。父と母のような高齢者は目立つのか、先ほどの受付嬢と同じ制服姿の係員が歩み寄り、壁際のソファー席をすばやく確保してくれる。母が馬鹿丁寧にお辞儀をするものだから、彼女はこう訊くのだ。息子さんとご旅行ですか？ 母はよくぞ聞いてくれたとばかりにしゃべり出す。主人が七十歳になるので、そのお祝いにこの子が日本へ連れていってくれるのよ、まったくこんな年寄りが飛行機に乗るなんて、おかしいでしょう……若く美しい係員は優美な笑みを浮かべたものの、文健の母親の台湾語には直接答えず、何かお飲み物をご用意しましょうか？　と中国語で申し出る。待合室での飲食にかかる費用は航空券の代金に含まれている。文誠からあらかじめそう聞いていたので文健は父と自分のためにウィスキーを、母にはビールを持ってくるように頼んだ。なんだか貴族になったみたいだわね。興奮をかくしきれぬ母に、文健も父も答えなかった。母は一人でぶつぶつと続ける。日本に着く前からこんなたいそうなところにいなくちゃならないなんてね、父さんとふたりきりならどうなったことやら……エイ、リ・アンナァ《あら、お父さんどうしたの》？　文健も父のほうを見る。杖をつかみ、もぞもぞとしている。お手洗い？　と訊く母に、ん、とうなずくと父は自力で立ち上がろうとする。手を貸そうか、と言いかけて文健は呑みこむ。こういうときの父に手助けしようとすると、年寄り扱いするんじゃない、とかえってへそを曲げられることが多いのだ。杖をつきながら、先程の従業員に案内されて化粧室のほうへと消えていく父の後ろ姿から文健が目を離すと、母がこちらを見つめている。

「まさか生きてる間に、あたしまでナイチに行ける日が巡ってくるとはねえ」

ナイチ、という響きを文健はずっと台湾語だと思っていた。日本不是內地。文健は言わずにいられない。日本是外國。だからこれが要るんじゃないか。テーブルの上にある三人分の護照《パスポート》と登機證《ボーディングカード》を母に指で示す。多少、棘を含む文健の口調は、父が相手なら、場合によっては険悪な空気になっただろう。だが母はあくまでも穏やかなのだ。あたしにはどっちでもいいのよ、まさか日本に行けるとは思わなかった、しかもこの齢にもなってからね。母にそんなふうに笑いかけられるとばつがわるくなる。文健が口ごもるのにかまわず、あらまああのひとおいしそうなのたべてるねえ、と母が心なしか小声になる。母の視線の先では、ワイシャツ姿の若い男がビールを片手に米粉《ビーフン》をほおばっていた。

──酒類だけじゃない。大舅《おじさん》や舅媽《おばさん》が望めば、魯肉飯《ローバーペン》や牛肉麵《グーバーミー》なんかも食べ放題だよ。ただし機内食もあるからほどほどにするのを薦めるけどね。

文健が、味見してみるか？　と聞くと母は瞳を輝かせる。先ほどの従業員に声をかけようとしたら、ちょうど戻ってくる父の姿が見えた。杖をついていないほうの手が、何かを抱えている。ラウンジの入り口には各国語の朝刊が揃っていたと文健は思いだす。父が持ってきたのは日本の新聞だ。

可能性

それは、年に一度の儀式のようなものだ。時計の前で正座をし、文字どおり刻一刻と日付が変わる瞬間を、有貴《ゆき》は待ちかまえる。短針と長針が「12」の数字の上で一本の線となる。それを見届けて、あたらしい時間の中に自分が移り住んだことを実感する。自分がうまれたとされる日付が存在しない年ほど、三月一日を迎える直前にこの過ごし方をすることは有貴にとって重要だった。

有貴の誕生日は四年に一度しか来ない。

人生で五回めの誕生日を迎える数か月前、有貴はその一文と出会った。

——私たちは言葉にできるより多くのことを知ることができる。

有貴の心はざわめいた。

——あの文章の意味を、もっと詳しく教えてください。

週に一度、非常勤講師をつとめる大学の教室にいる大勢の学生のひとりである有貴を、Sが知る由もなかった。それでもかれは、講師控室の入り口で突然声をかけてきた有貴の前で立ちどまり、声をかけたきり、次の一言がみつからないかのじょに見つめられるがままになる。Sは、もう数年越しで、公共空間における流動的要素——光、風、音など——の役割を考察する博士論文を執筆中という身だった。有貴の通う大学では、建築や都市は物理的な形態であると同時に現象する空間でもある、などと講じていた。あの文章を見たときにわたしは……と有貴は続ける。Sは、講義のために自分が板書した一文をすぐには思いだせなかったものの、有貴から目を離そうとはしなかった。自分がうまれたとされる日付は、省略される運命にある。

どこにいったんだろう？　三回めの誕生日があった小学六年生のときからずっと考えてきたことだ。Sが提示した一文の中にその答えがありそうだと有貴は予感した。言葉にされないけれど、あるはずのもの。渦巻く思いをなだめながら、

——わたし、こう見えて、まだ四歳なんです。

どうして、ほぼ初対面のSにいきなりそう打ち明けてしまったのか自分でも説明がつかない。けれどもそれがきっかけで、Sの顔がほころんだのは確かだった。

後日、講義のあとに人波をかきわけて有貴に声をかけたのはSのほうだった。ぼくが読み古したものだけれど、とSは一冊の本を差し出す。品切れであたらしいのが買えなかったんだ、と申し訳なさそうに言い添えながら。『暗黙知の次元』というタイトルの本を受けとりながら有貴はSの厚意にひそかに感動する。けれども有貴は借りっぱなしのままSにその本をなかなか返せそうになかった。わたしには少し難しくて……正直にそう告げると、

——それなら……

Sはとても自然に申し出る。

――ぼくでよければ、力になりますよ。

手を重ねられたのと、そう言われたのと、どちらが先だっただろう？　いまとなっては忘れてしまった。ただ、Sのその問いに対して、自分がどう答えたのかを有貴ははっきり覚えている。

――特別講義をしてくれるんですか？

返事をする代わりにSは有貴の手を握った。相手の指と自分の指が絡みあうのを、有貴はひとごとのように認識する。熱っぽく脈打つ鼓動とは比例して、妙に冴え冴えとしはじめる頭で考える。Sには S の事情がある。その左手の薬指に光るものがあることは、Sが大教室のホワイトボードに例の一文を板書しているときから知っていた。

その年の二月末日を迎える直前、有貴は自分を見つめるSの目を見つめていた。

サン、ニ、イチ、ゼロ……とカウントダウンするSの声を、「12」の上で重なり合う短針と長針の代わりにした。

本を読みとおしたあとも、Sによる有貴のための特別講義は続いた。それは思いがけず長引いた。

先月、有貴は修士論文を提出した。

来月、Sは某私立大学の准教授に就任する。

——今年は、祝うべきことが色々と重なるね。

Sは、台湾に行こうと有貴を誘った。学会に出席するために、前泊する。その日なら一緒にいられる。きみの旅費はすべて出してあげる。Sの申し出を有貴は受け入れることにした。それぐらい、ゆるされてもいいはず。

台湾で、有貴ははじめてSと恋人同士のように手をつないで町を歩いた。六十メートルはあるかと思われる塔を中央に配した厳めしい建物の前で、Sは立ちどまる。

——この正面入り口は真東、つまり日本に向かって造られている……

湿り気を含んだ風が吹く中、Sが解説する。当時の日本にとって植民地台湾は欧米を手本に習得した最先端の建築技術を実践する場として恰好の舞台だった。赤煉瓦と白花崗岩が独特な風合いを醸す「總統府」と呼ばれるその建物を有貴は、はじめて見る気がしなかった。知っている何かと酷似している。

――東京駅だよ。あの駅舎と、この建物の設計者は師弟関係にある。だからあの塔を見あげながら、遠い東京への郷愁を感じる日本人もいたかもしれないね……

雨がふりはじめていた。赤煉瓦はくすんでいて歴史を感じさせた。かつての「總督府」を見あげる有貴の睫毛に、水滴がおちる。あまやどりをしようか、と提案するSの声が一瞬、外国語のように聞こえた。数分後、「總統府」とほぼ同時期に竣工された建物の中にある蔣介石夫人が足繁く通ったというティールームに入った。有貴はメニューにある「milk tea」を指さしたが、Sはウェイトレスに、咖啡《kāfēi》と直接告げる。美味しい飲料――珍珠奶茶《パールミルクティー》や水果茶《フルーツティー》など――がいくらでもあるというのに、台湾に到着以来、Sは珈琲しか飲んでいない。先生は浮気しないんですね、とからかう。Sの顔色が変わる。ふたりの間で、浮気、は禁句だった。でも、もういいだろう。Sの長い学生時代を辛抱強く支えてきたかれの妻がうんだ子どもも、じき五歳になる。

——わたしなら、もう充分です。

きょうは、数え切れぬきのうの延長上にあり、その先々には、やはり数え切れぬあしたが連綿とつらなっている。このながれの中にいる限り、誕生日を迎えても迎えなくても、自分は着実に一年ずつ、年老いていく。二十四年近くも生きながら、自分はまだ六歳になるところだとうそぶくなんてみっともない。

——もう、先生から教わることはありません。

今朝になっても、Sは同じことを繰り返した。きみさえもう少し待ってくれるのなら、ぼくたちはいずれ……有貴の意志は固かった。先生とは、この部屋を一歩出たら、他人になる。

朝露に濡れた樹木が鬱蒼と繁る南国の朝もやの中を一人で歩いていたら、涙がはらはらとこぼれた。ちっともかなしくなんかないのに。

空港のラウンジは、Sと宿泊した四つ星ホテルのロビーによく似ていた。やわらかな踏み心地のカーペット。間接照明の灯りに、上質の調度品。清潔で、豪華。こういうところは、おとずれる者がくつろぐために万全の態勢をととのえていながらも、必要以上の長居はさせないよそよそしさが仄かにただよっている。すくなくとも、いまの有貴にはそう感じられる。昨夜はけっきょく一睡もできなかった。エスプレッソマシーンで珈琲をカップに注ぐと、あらかじめ確保しておいたソファー席に戻る。珈琲を一口啜り、なかなかわるくない味に思いのほか安堵させられる。ソファーに身を沈めながら目をつむっていたら、ヂェア・リー、ハオマー、という声が聞こえる。薄く目を開くと、有貴のすぐ隣のソファーで落ち着こうとしている人影がある。

二人連れの男女だった。

背広姿の男性は五十代、長い髪を後ろに一つ束ね、ジーンズにスニーカーというラフな格好をした女性のほうは四十代前半ぐらいだろうか。

——客戶會說什麼我不清楚、不過最後一天應該能兩個人一起悠閒的度過喔。

——別在意我的事情。最近這陣子、我工作一直很忙。你工作的期間、我可以在東京的旅館裡享受期待中的放鬆時光。

かれらが何を話しているのか、有貴にはまったく理解できない。それでも、会話を交わす二人の間に漂う、長年かけて積みあげたであろう親愛の情は感じとれた。(私たちは言葉にできるより多くのことを知ることができる)

さりげなく盗み見ると、お粥を啜る男性は結婚指輪をしているが、新聞を読む女性はどの指にも何も嵌めていなかった。自分も、この女性のように歳を重ねたかもしれない。有貴は考える。けれども、そうすることを、選ばない、とわたしは決めたのだ。それを選ばなかったことで得られる人生のほうが、自分にはずっとふさわしいはずだと期待して。

それなのに。

——東京、還是很適合我們。雖然很近、感覺起來遠。

——是阿、對我們來說、真方便。

見ず知らずの男女の、それぞれの声に滲む互いへの慣れ親しんだいとおしさのようなものが、有貴を温かく惑わす。

息子

冠字《Guānyǔ》はボーディングカードの座席番号をもう一度確かめる。やはり該当の席は既に埋まっていた。通路で戸惑う冠字のようすに気づくと、アアスミマセン、と冠字が座るはずの席にいる初老の男性が中腰になる。隣席にいた男性と同年代の婦人も冠字を見あげる。アノ、と言いかけてから男性は冠字が日本人でないと判断したらしく、マイワイフ、と隣席の婦人を示す。相手のしぐさで、席を代わって欲しいと頼まれている旨を冠字は理解し、応じることにする。シェシェ、シェシェと夫婦は揃って冠宇に頭を下げる。男性が冠宇に示した座席番号は、機内の最後方だった。通路側の席では冠宇と同じ年頃の女性が日本語の機内誌を広げていた。冠宇はまず手荷物を上部の棚に入れる。冠宇の荷物は少ない。下着と靴下、替えのTシャツが一枚。財布。それから、赤と青の模様に縁どられた古い封筒。「日本國東京都世田谷區」とはじまる宛先はまるまっちい文字で綴られている。裏を返すと、いったん封をしたものの、あとになって無理に剝がした痕跡がある。中身をとりだし、処分したためなのだろう。けれども封筒のほうは捨てるに捨てられなかった。それで、冠宇の赤ん坊のときの写真とともに引き出しの奥に仕舞い込まれた。その写真もまた、「日本國東京都世田谷區……」に届けられる予定だった……封筒に記された住所が宛先不明で戻ってこなければ。宛名には、

馬場博

とある。

多桑《トウサン》、と冠宇は胸の内で思う。

日本の子どもは、父親のことをそう呼ぶと聞いた。

冠宇は、父親のことを爸爸《ババ》と呼ぶ。

しかし冠宇が爸爸《ババ》と呼ぶひとのことを、冠宇の母は大哥《ダアグェ》——兄さん——と呼ぶ。

母の実兄にあたる伯父の養子として、冠宇は戸籍登録されている。

冠宇の母は、戸籍上も事実上も未婚である。

子どもの頃は、自分が爸爸《ババ》と媽媽《ママ》と呼んでいるふたりが、夫婦ではなく兄妹であることに特に不思議を感じなかった。どの子どもも多かれ少なかれそのような傾向がみられるように、冠宇にとっても自分の家の常識が全世界のそれと等しかった。

祖母と伯父夫婦、かれを含む四人の子どもたち、そしてかれの母が一つの家に住んでいた。家を牛耳っていたのは祖母だ。伯父は傾きかけた旅館の経営に始終頭を悩ませていてなかなか家に帰ってこられなかったし、伯父のつれあいである伯母も外で働いていた。母は酒客相手の飲食店を営んでいて、昼は自分（と冠宇）の部屋にこもって眠っていた。祖母は、冠宇をイトコたちと兄弟同然に扱った。イトコたちの母親である伯母は、姑には従順だったが義妹とは折り合いがわるく、冠宇に対して妙によそよそしいところがあったが、イトコたちは祖母と伯父同様、冠宇を自分たちの弟とみなしていた。学校に通いだした冠宇が、婊子《ビアウギャア》、とからかわれ泣かされたときは、大哥《ダアグェ》――最年長の従兄――が駆けつけ、コイツの親父はおれたちの親父のことだ、と皆に宣言した。

――おまえ、ほんとうに日本なんか行くつもりなのか？

今は二児の父親である大哥《ダアグェ》が、深刻な面持ちで冠宇に問う。

（世田谷區とは、東京のどのあたりなのだろう？）

かのじょなら知っているだろうか。冠宇は隣席の女性を意識する。冠宇が窓際の席につくとき、にっこり笑ってわざわざたちあがってくれた。きっと親切な人にちがいない。とはいえ、世田谷區にはどうやって行けばいいのか、などとたずねたりしたらさすがに首をかしげるだろう。なぜ？　と訊くにちがいない。その場合、自分は何と答えればいい？　そう思うと冠宇はかのじょに話し掛けられない。いずれにしろ飛行機が離陸してからのかのじょは、毛布を首まですっぽりとかぶって目を瞑っている。

　冠宇が、自分の母親には日本人の恋人がいたと知ったのは偶然だ。高校を卒業してから「役男《yìnán》」としての集中訓練がはじまるまでの数週間、暇をもてあましていたので夜になると母の店を手伝っていた。ある夜、母を二十数年ぶりにたずねる客があった。五十がらみのその客は、きみはぜんぜん変わっていない、きみではなく、きみの娘さんがいるのかと思った、ここだけが時間がとまったようだ、と母の美貌をさんざん褒めそやし、酒がすすんできたところで、ぽつりと漏らしたのだ。キョオゾ、シャミ？　ヒレ、チョ・シュウシ・リー・エ・リップンラン……カウンターの隅で大蒜のみじん切りをしていた冠宇は、聞こえてきた男の台湾語に奇妙な胸騒ぎを覚え、手をとめる。なんといったっけ？　きみにご執心だったあの日本人……

男に応じる母の声が続く。あの頃は日本人の天下だったものね。男は眉間に皺を寄せ、あの頃に限らないさ、日本人は大の昔から台湾でおおきな顔をしている、と嘆く。むかしほどじゃないわよ、母がやんわり否定する。男は話題を元に戻す。

——……ということは、きみがあのとき産んだ赤ん坊もそろそろ兵役の年齢か？

冠宇は母の横顔を見た。母はそしらぬ顔で、あんたこそとっくに孫がいてもおかしくないわよね、と言って男に酒をつぐ。

——媽媽《ママ》には、日本人の男朋友《かれし》がいたの？

冗談めかすつもりが、緊張で声が震えた。それでも、おれの父親は日本人なの？と訊くよりはマシだった。それまでも冠宇は、自分の出生の秘密について、まったく気にしていなかったわけではない。十八になるまで実子とかわらぬ扱いで養ってくれた爸爸《ババ》とは別の、自分の生物学上の父親のことを、考えたことがないわけでもない。

（媽媽《ママ》は、一体だれとおれを作ったんだ？）

一度など、ガールフレンドとの行為の最中にその思いにとり憑かれたせいで不能に陥り、相手からひどくなじられたこともある。ただ、母が自分を妊娠するきっかけを作った男が日本人なのだとは微塵も想像しなかった。あの日、冠宇に背をむけたまま、すごく幸せだったんだから、と母は事実を認めた。ただし、それ以上は詮索してくれるな、という気迫を全身に漲らせながら。爸爸《ババ》は、媽媽《ママ》の過去の一件をばっさりと斬り捨てた。男朋友《かれし》なもんか。金持ちの日本人が暇つぶしに甘ったるいことをあれこれ囁いたらあいつがぽーっとなってまんまと騙されて、それで……冠宇の養い親であり、冠宇の母の実兄でもある爸爸《ババ》は、赤ん坊なんか孕んじまったんだ、ということばをすんでのところで呑みこむ。

爸爸《ババ》と媽媽《ママ》は二人きりの兄妹で、かれらもまた父親とは疎遠な子どもだった。爸《バ》爸《バ》の父親にあたる祖母の一人目の夫は、日本兵士のために雑役を担う軍夫として南方戦線に送られ爆撃に巻き込まれて死んだ。未亡人となった祖母を見初め、最後の妾として囲ったのが母の父親にあたる男だ。祖母との年齢差は三十を越えていた。

遺産の分け前が減るのをおそれた親族たちは、祖母が主の籍に入るのを許さなかった。冠宇の伯父は自分たち兄妹がそうであったからこそ、父親と縁の薄い冠宇を放っておけなかったのだろう。

――コイツの親父はおれだ。

爸爸《ババ》が、周囲に宣言する姿を冠宇は幼い頃から何度もまのあたりにしている。自分の生まれには日本人が関わっていると知ったからこそ、自分の父親は爸爸《ババ》だけだ、と冠宇は思うようになった。媽媽《ママ》を弄んで捨てた日本人のことなぞ知るものか。それからまもなく冠宇は丸坊主になった。爸爸《ババ》や大哥《ダアグェ》たちに続き、「役男《yìnán》」としての義務を果たすためだ。二か月にわたる集中訓練を終えて、籤を引くと大当たりだった。冠宇の駐屯地を知ったガールフレンドは、あたしを置いて死なないでよ、と泣いた。二年間ぜったい待ってるから……かのじょからの手紙を冠宇はいつも、岩だらけの海岸に出かけて読んだ。はじめこそ数枚にも及ぶ長い手紙が一週間のうちに二通も三通も届いたが、頻度は次第に落ちてゆき、一年が経つ頃には内容もあっさりしたものになっていった。薄々覚悟はしていたが、「来月、結婚式を挙げます」という文面を実際に目にしたときは、さすがにショックだった。その日は霧が薄く、対岸の福建省の影が見えた。以前は二日に一回、砲撃に晒されていた海岸の夕暮れは美しく、訓練中の若い兵士が、別の男と婚約したと知らせる元恋人からの手紙を千切り、海に流すのにはうってつけだった。

失意の底にある冠宇の胸にふと、いつかの母のことばがよみがえる。

——我曾經非常幸福《すごく幸せだったんだから》。

その瞬間、日本に自分は行ってみるべきだと悟った。

母が鏡台の引き出しの奥に、産着にくるまれた自分の写真とともに仕舞い込んでいた封筒の表面のボールペン字は、色褪せていたけれど読めないことはない。

冠宇は考える。東京都世田谷區に住む馬場博という男には、おそらく妻や子どもがいるはずだ。先ほど冠宇が座席を交換した男性のように長年連れ添う妻と穏やかに暮らしている可能性が高い。二十年も前に親しかった台湾の女が産んだ息子が突然あらわれたら、戸惑うにちがいなく、歓迎するとはおよそ思えない。母との関係は、男にはただの遊びだったのだろうし。それに、宛て先不明で差し戻されているのだから、住所も正確ではないかもしれない。あるいは、姓名が偽名ということもある。別にそれでもいい。馬場を探すのが目的ではない、と冠宇は思う。たとえ、ほんのつかのまだったとしても、あの媽媽《ママ》をものすごく幸せにしたという男のいる国に行ってみたくなった。それだけなのだから。

「多桑《トウサン》……」

ねむっているとばかり思っていた隣席の女性が冠宇のほうをちらりと見る。冠宇はあわてて口を噤む。

鳳梨酥《オンライソー》

「気楽に言わないでよ」

結子《ゆうこ》の声に棘があると靖之《やすゆき》が察知したときにはもう手遅れだった。だれのためだと思ってるのよ、と続ける結子の表情はあからさまに険しかった。自分を睨みつける妻に、ん、と靖之としては極力無難なつもりが、気のないものとうけとめられてもしかたのない反応しかできなかったのもまずかった。

「嫌味を言われるのはあたしなの！」

傍らで買い物をしていた若い男女がこちらを見る。

「あたしだって別に好きでお義母さんのものを……」

おちついて、と靖之は結子の腕をつかむ。はなして、と身をよじる結子の肩越しにこちらを興味深そうにうかがっているひとたちが見える。目の前で夫婦喧嘩が始まれば、だれだって注目するだろう。しかも、妻のほうは妊婦ときている。頰を紅潮させている結子の腕にさらに力をこめながら、おちついてくれ、と靖之は懇願する。靖之にたいする苛立ちはとても収まらないようだが、結子も周囲の目は気になるらしい。

「……もういい。しばらく一人にして」

靖之に背をむけると結子は速足で歩き出す。まってよ、と言いかけて靖之は呑みこむ。これまでの経験上、こういうときは結子の頭が冷えるまで距離を置くほうがよさそうだと思ったのだ。どうせ、あと一時間もすれば同じ飛行機で日本に帰る。嘆息しつつ周囲を見やると、杖をついた老女が微笑している。そのまなざしには、あきらかに同情がこもっていた。きっと一部始終を見られていたのだろう。いや、見ていたのはこの老女だけではない。そう思ったとたん、周囲の視線に気まずさをおぼえ、靖之もまたその場からそそくさと離れる。

台北松山空港のターミナルは、縦に細長い印象だった。滑走路を臨む窓側のスペースにはソファーがずらりと設置されている。赤ん坊をあやす女性や、じゃれあって遊ぶ幼い兄弟、手荷物として持ち込むのにぎりぎりの大きさのスーツケースに片手を添えてうたたねしている男の姿などが靖之の視界をよぎる。反対側には高級ブランドの免税店をはじめ、煙草やお酒、お茶や菓子の類、雑貨といったさまざまな土産ものを売る店がずらりと続く。実は靖之はすでに、待合ロビーにある店を隅から隅までのぞいていた。自分の意思というよりは、ただ結子のあとについて。

靖之の母親へのお土産のことを結子はしきりに気にしていた。凍頂烏龍茶をはじめ、さまざまな種類のお茶を深刻な面持ちで吟味していたかと思えば、「我的美麗日記」という文字の躍る美顔用パックが陳列される棚の前でじっと考え込んでいる。

靖之は結子の肩越しに、それなかなかいいんじゃないの、と声をかける。すると結子は、

「だめ。こんなものあたしはつかわないわよ、と鼻でわらわれる気がする」

眉をひそめながら首を振るのだ。確かに。靖之は苦笑しながら同意する。次の店をめざしながら、やっぱりお茶用のポットボトルにしようかな、と結子が呟く。前日の午後、迪化街《ディーホアジェ》の茶芸館で見つけた茶漉し付きの水筒のことだ。茶葉やティーバッグを入れれば水やお湯を足すだけでお茶が飲める仕様の水筒は日本ではあまり見かけない。結子はそれを自分の両親への土産として購入していた。靖之は、茶道を長年嗜む母親がそんな容器でお茶を飲むとは思えなかった。そう言おうと思ったものの、やけに思いつめた表情で茶漉し付き水筒を物色する結子を見ていると、何となく口が挟めない。ところが結子はいったん手にした水筒をまたしても棚に戻すのだ。

「……これもだめに決まってる。うちの親とちがって、お義母さんはお茶にうるさ

いもんね」

　嘆息する結子をなぐさめるつもりで、母さんへの土産なんか適当でいいよ、と靖之は言った。結子の表情が翳ったのはそのときだった。靖之としては自分の母親のためにそこまで悩む必要はない、さっさと買い物を済ませてしまおうよ、という意味のつもりで、それが逆に結子を激怒させてしまうとはまったく思いもしなかった。

　要するに、靖之には突然のことと感じられても、結子にとっては我慢に我慢を重ねた挙句の果てという、おなじみのパターンが起きてしまったのである。結子に言わせると、靖之は少々鈍感らしい。感受性が鋭い分、結子にはやや神経質なところがあると靖之は思う。赤ん坊を宿してからのこの五か月半は特に情緒不安定だった。

　――初孫じゃないし、気楽に待ってるわね。

　靖之としては額面通り受けとった母の言い方だが結子はあとで、お義母さんはお義姉さんたちの子どもさえいればよくってあたしたちの赤ちゃんなんかどうでもいいのよ、と泣き喚いたのだ。

――あなたには伝わらなくても、あたしには嫌味だってわかるの！

靖之は足をとめる。いま、この空港のどこかで、たぶん気をおちつかせようとしているはずの妻に代わって、母への台湾土産を買っておこうと考える。よくあることながら、またしても結子の怒りの兆候をみのがしてしまった。その罪滅ぼしのようなつもりで。それに、自分が選んだものならば母もわざわざ結子にうるさいことを言わないはずだ。いちばん最初に目についた売店をのぞくと、最も目立つところにパイナップルケーキの数々が陳列されていた。台湾名産だけあり、さまざまな銘柄がある。シショクイカガデスカ、という声が、一瞬、日本語だとわからなかった。ふりかえると、店員の女性が小皿を靖之に差し出す。皿には一口サイズに切ってあるケーキがのっていた。イカガデスカ、と女性はたたみかける。ハイ、とほとんど弾みで爪楊枝に刺さったケーキを靖之は受け取る。クッキー生地のぱさぱさとした感触に最初はやや違和感を抱いた。嚙み砕くと、パイナップルジャムのほのかな酸味と甘みがしっとりと口の中に広がる。そのとき、かつてこれを食べたことがある、と遠い記憶がよみがえる。視線をあげると、「鳳梨酥《オンライソー》」という文字がちょうど目に入った。おんらいそー。カタカナによってその音を頭の中に再生するうちに、記憶はさらによみがえってくる。

その家の玄関に続く前庭には、大小さまざまな鉢が陣取っていた。シュロチク、ゴムノキ、ヤシなど南国を髣髴させるものばかりで、最も存在感を示していたのがオーガスタニコライだ。バナナのような形の濃緑の葉っぱは他に比べて大きい分、埃をかぶっているのが目立つ。子ども心にもあまり手入れが行き届いているようには思えない乱雑な印象の庭だった。ドアを開けたとたん、わずかな黴の気配と墨汁の匂いがつんと漂う。その木造家屋の奥の板の間で、ほぼ毎日のように子ども向けの習字指導が行われていた。家主の松本は、地域の子どもたちに文化を伝承するのが自分の老後の生きがいだと謳って、月謝をとらなかった。この近隣の子どもたちのほとんどが、松本による「習字教室」に通っていた。子どもが達筆になるのを望まない親は少ない。ましてや費用がかからないのであれば。靖之も小学校一年生のときにふたりの姉に続いて、松本のもとに通いだした。字を教わること自体は好きでもきらいでもなく、週に一度、小学校が離ればなれになってしまった幼友達と再会できることのほうが靖之はずっと楽しみだった。その日も、友だちと交換する予定のシールのことを考えながら薄暗い前庭を通って玄関のドアを開けた。

——おう、ヤスか。ラッキーなやつはおまえか。

板の間に入ると、いきなりそう声をかけられた。なんのことかと靖之が顔をむけると、松本の脇に立っていたリンちゃんと目が合う。かのじょともまた、靖之は幼稚園の年長組で一緒だった。ほかの友だちはまだ誰も来ていない。

——リンがお菓子を持ってきたんだ。

お菓子と聞き、胸が高鳴る。箱の中から個別包装されたもののひとつを松本はつまみ、靖之に差し出す。パイナップルの絵の横に、難しい字が書いてあった。松本がからかうような口調で靖之にたずねる。何と読むかわかるか？　わかるわけがない。首をかしげていたら、

——リン、ヤスに教えてやれ。

松本に肘でつつかれ、リンちゃんは少々ためらいながらも、おんらいそー、と小声で呟いた。おんらいそー？　つい鸚鵡返ししてしまった靖之に、おまえも台湾語の発音がなかなかうまいじゃないか、と松本が機嫌良さそうに笑う。それでやっと靖之は、おんらいそー、というのがリンちゃんの国の言葉なのだと悟る。鳳梨酥《オンライソー》は、台湾のお菓子なのだ……台湾人というのは実に素朴で温かいひとたちなんだ。しかも、いまの日本人が失った礼儀正しさを持っている。リンやかのじょのお母さんがまさにそうじゃないか……ことあるごとに松本はそう言い立てた。靖之をはじめ他の男の子たちは松本がリンちゃんを褒めても特にどうとも思わなかったが、女子の中には、あの子ばっかり贔屓されてるよね、と陰口をたたく子もいた。リンちゃんもそれを知っているのか、松本が自分に注目するたび居心地悪そうにしていた。思えばこのときもそうだった。

——なあ、リン。ほかの果物も、ふるさとの言葉で言えるか？　靖之、おまえも知りたいだろ。何が知りたい？

松本に促されて、じゃあリンゴ、と靖之はリンちゃんに聞く。

——……蘋果。

ピングォ。リンちゃんから教わる異国の響きを靖之は復唱するが、松本の呆れた声が遮る。

——それは、シナ語だろう。おまえさんも台湾人なんだから、あんな独裁者の言葉じゃなくてちゃんと台湾語のほうを練習しなきゃだめじゃないか……

リンちゃんは無表情になる。松本はなおも言いつのる。おまえさんのふるさとの言葉じゃないか……松本の言うことが、靖之にはちんぷんかんぷんだった。それよりもさっきからおあずけにされたままの鳳梨酥《オンライソー》の味を一刻も早く確かめたいと思っていた。

（こんな味だったな）

二十年以上前の記憶が突然浮上したことに、靖之は感慨を抱く。結子が台湾に行きたいと言い出したときや、この三日間の旅行中も、まったく思いださなかったというのに。

——台湾は、いま、シナにのっとられている。気の毒な話だよ。リン、おまえさんの両親も苦しいだろう。本物の台湾人なら中国語なんか喋りたくないはずだ。

ことあるごとに台湾を話題にしていたのは、他でもない松本自身もそこで生まれ

たためである。もっとも靖之がそれを知ったのは松本が亡くなってからだった。詳しいことは忘れてしまったが、松本の父親が国のお偉いさんか何かで台湾にいたのであちらで生まれたという話だった。松本の台湾時代の友人という老人たちが「ふるさと」を合唱するのを、大学生だった靖之は神妙な心地で聞いた。松本の葬儀には、数年ぶりに再会した幼友達が何人もいたが、松本が最も気にかけていたリンちゃんの姿はなかった。誘ったんだけど来たくないって、とリンちゃんと同じ高校に通っていた女の子は言っていた。

靖之が試食し終えたのをみはからって、イカガデスカ、と店員が別の商品を薦め

る。いや、と爪楊枝をくず入れに捨てながら、

「これをひと箱ください」

靖之は、パイナップルの写真のそばに鳳梨酥《オンライソー》という文字が添えられている箱を指さす。

買い物を済ませてからボーディングカードに印字されている搭乗口に向かうと、すぐ傍らのソファーに座っているふてくされた表情の結子と目が合う。気おくれしながらも靖之は妻のそばへと歩み寄る。

「……なによ、それ」

靖之が手に提げている袋を目で示しながら結子がたずねる。オンライ、と言いかけて、パイナップルケーキ、と靖之は言い直す。

「パイナップルケーキ？」

「うん、母さんへのお土産にね」

「……」

やはり適当に買ったことを叱られるのだろうか。そう思いながらかまえていたら、ありがと、と結子が囁くような声量で言うのだ。ほっとした弾みに、頬が緩んでしまう。結子の表情も和らぐ。靖之はやっと結子の隣に腰をおろす。結子が靖之の肩に頭をもたれかける。

「どうだった?」

「え?」

「台湾。やっちゃんも楽しかった?」

靖之は、自分がこの旅行を楽しんだのかどうか結子が気にしているのだと気づく。言うまでもない。靖之には何もかもが楽しかった。結子が台湾に連れ出してくれなかったのなら、こんなにも休暇を満喫することはなかっただろう。

「もちろん!」

大きくうなずいた。自分の反応に結子は驚いているようだった。また来たいよでも、と靖之は続ける。

「でも?」

「次来るまで、おれも、もっと英会話がんばる」

結子の顔にようやく笑みが浮かぶ。靖之が英語はからきしダメだったせいで、旅行中はずっと結子に頼り切りだったのだ。ばかね、と結子は靖之の手をにぎる。

「台湾なら、中国語でしょ」

百点満点

羽田空港唯一の国際線待合室は混み合っている。

平日の夕方ということもあり、自分たちのような観光客は少なく、黒やグレーのスーツにネクタイ姿の日本人ビジネスマンが目立つ。かろうじて二人分のベンチが空いていた。妻が化粧室に行くというので、まずは寛臣《クワンシン》が一人で腰をおろす。

「……予想よりも遅れているよ。滞在中は、まともなコーヒーにありつけると思わないほうがいい」

耳障りな口調だと思った。声は、かれの斜め前に陣取る三人連れの男たちのものだった。

「とはいえ何といっても、韓国なんかとちがって親日だからね。日本人というだけで、歓迎してくれるさ。女も……」

男たちの下卑た囁き笑いにかれは辟易する。他に空いている席はないかとあたりを見回してみるがどこもかしこも埋まっていた。

「あら、どうかしました?」

戻ってきた妻がたずねる。寛臣は特に説明はせず、ただ目の動きだけで男たちのほうを示す。妻がかれの隣に座ったあとも、台湾のことをあれこれ品定めする男たちの会話は続いていた。寛臣は咳払いをしてみせるのだが、三十代後半から四十代前後と思われる男たちはこちらにまったく気づくようすがない。妻のほうを寛臣はうかがう。高等女学校出身の妻にも男たちの会話はほぼ聞き取れるはずだ。イン、ンーザイヤァ・グン・ロン・テァー・ウ、リッポンウェ……怒りとも嘆きともつか

ない寛臣の呟きに対し、

「すごいのよ。蛇口に手を差し出すと、自動で水が流れるの。日本ってやっぱりすごいわね……」

妻はぜんぜんちがうことを言い出す。


リップン・プテリャオ。

リップンラン・プテリャオ。


娘夫婦が暮らす東京に滞在したこの三日間、妻は何度となくそう感心した。妻ほどはっきりと口にはしなかったけれど、寛臣もまた、あらゆる局面で同じ感慨を抱いたことは否定できない。公衆トイレはどこも驚くほど清潔で、タクシーの扉は自動で開くし、汽車の切符は機械のボタンを押せば買える。キシャの切符じゃないよデンシャの切符だよ、と訂正したのは先月七歳になったばかりの孫娘だ。どっちで

もいいじゃないか、と婿は苦笑したが、

——そうね、デンシャ、というのね、今は。

妻はむしろ嬉しそうに孫娘にむかってうなずく。台湾にいた頃は、まだ乳児だった。その子がいまでは、いっぱしの口を利く。近頃は何語で話しかけられても返事は日本語でするという。

娘たちの一家が暮らすマンションをおとずれたとき、お祖父ちゃんとお祖母ちゃんにあなたの「部屋」を見せてあげて、と母親からうながされた孫娘は居間の片隅に設置された子ども用学習机の前でそれらを並べてみせる。教科書、ノート、学習ドリル……寛臣の目を引いたのは、こくご、とある採点済みの答案用紙だ。かれの横で妻が、まあ百点満点じゃないの、すごいわねえ、と感心する。答案の余白には、よくできました、という赤文字が添えられていた。孫娘の担任教師による端正な筆跡を見つめていたら、古い記憶が疼く。

——はい、大変よくできました。

寛臣もまた、教師からそうやって褒められたことが確かにあった。もう、半世紀以上も前のことになる。

――こくごだけじゃないよ、さんすうでも百点とったよ。でもあたし、こくごのほうが好き。あたしね、おおきくなったら本を書くひとになりたいの。

作家だね、と寛臣は言った。サッカ?

――そう、作家。本を書くひとのことは作家と言うんだ。

「作家志望」の七歳の孫娘は、かのじょの祖母が何気なく口にした「汽車」を、正確には「電車」と言うべきだと訂正すると、

――でも、おばあちゃんの日本語は、ママよりもずっとじょうずだよ!

無邪気に言い放つ。かのじょの母親は、ナア・アネ・ゴン(何てこと言うのよ)、と愛娘を睨むと、寛臣たちのほうを見て舌を出す。少女の頃とまったくおなじだ。ばつがわるくなると、この子はそうするくせがある。妻が、まあ、と微笑する傍らで寛臣は自分がどんな表情を浮かべていたのか思い出せない。婿が、イ・ゴン・デ

ョー（この子の言うとおり）、とかれの娘の意見に同意を示す。

——きみのお祖父さんとお祖母さんは、パパとママよりもはるかに日本語がじょうずです。

娘はともかく、東京赴任が決まったあと台北の語学学校で特訓したという婿の日本語はそうわるくないと寛臣は思う。それでも、日本で育ちつつある孫娘にしてみたら、かのじょの父親や母親よりも、妻や自分が話す日本語のほうが流ちょうに聞こえるらしい。そのことがまったく誇らしくないといえば嘘になるが、寛臣の心境は複雑だった。

孫娘と同じ年齢の頃の自分は、ヒロオミさん、と呼ばれるたび何か立派なものにでもなったかのようで嬉しかった。学校の教師たちは皆、優しかった。サイタ、サイタ、サクラガサイタ、ヒノマルノハタ、バンザイ、バンザイ……国語の教科書にある文章を熱心に暗唱する寛臣のそばを祖父が通りかかる。孫息子の教科書をじっと眺めたかと思ったら首を振る。近頃の子どもは不憫なもんだ、「三字経」や「四書五経」の代わりにこんなものばかり覚えさせられて……学齢期に達した寛臣のことを父をはじめ母や叔母たちが、ヒロオミ、と呼ぶようになっても、祖父だけは、クワン・シン、と閩南《びんなん》風の発音で呼び続けた。天皇皇后両陛下が待望の男子を授かったというニュースに祖母や母や叔母たちが興奮していたときも、祖父は深い溜め息をつきながら首を振った。

——おまえたちみたいなやつらがいるから、日本人は台湾人を意のままに操ることなどおてのものだとほくそ笑むんだよ。

寛臣の祖父は口髭を長く伸ばし、日本風の着物も西洋風の背広も拒否し、いつまでも唐装を解かなかった。そのいでたちは、町の関帝廟に安置されている関聖帝君の姿とよく似ていた。尤もその廟も、寛臣が公学校に入学した年に打ち壊され、跡地には日本式の神社が建てられたのだが。郷愁に満ちた愚痴をことあるごとにこぼす隠居者の祖父とちがって、寛臣の父は現実的だった。

——内公《おじいさん》は、時代遅れなんだよ。おまえたちは、あたらしい時代の人間として生きるために、学校の先生が言うことに従うべきだ。

いかんせん、一家の主として家族を養う義務が父にはある。商売のためには、日本人たちの機嫌をとらなければならなかった。

あの日も祖父は、おれたちが勝ったのにおまえたちときたらなんだって揃いも揃ってそんな湿っぽい顔をしてるんだ、と家族を一喝した。それから祖父は日本の敗戦によって自分の威信が回復したかのごとく一家の長に返り咲いた素振りで祖先の位牌を祭壇に備えるように命じたのだ。

——もう、日本人になど遠慮する必要はない。おれたちの神様を堂々と祀るんだ。グン・シン《おれたちの神様》。幼い日に見た祖父とよく似た風貌の、口髭の長い神様が寛臣の脳裏をよぎる。祖父の予言どおり、関帝廟の跡地を陣取っていた日本式の神社は、日本軍と入れ違いに大挙した「祖国」の軍隊によってあっというまに取り壊された。

覚えている。寛臣は、父とともに、破壊された神社の傍らに立ちすくんでいた。頭上の日差しが足元の破片を照らす。文字が見えたので目を凝らすと「昭和」という文字だった。数週間前、灼熱の太陽の下で行列させられながら聞いた玉音放送よりも、このときのほうが肌身に迫った。日本は、終わった。寛臣以上に、父は途方に暮れていた。父の「後援者」たちは、追い立てられるように続々と台湾から離れていった。

……館内放送で、台北行きの搭乗案内が流れる。しかしそれは、寛臣と妻が乗る便ではなかった。斜め前に陣取っていたサラリーマンたちが連れだって立ち上がる。寛臣は安堵する。あんなやつらとおなじ飛行機で帰るなどごめんだからだ。それから、近年ふたたび、日本人がこぞって台湾に来るようになった、と思う。

——日本人は非常に思いやりがあって努力家です。だから世界に誇る技術をなしとげた。ぼくらはそれに学ぶ日々です。

寛臣にむかって、婿は穏やかにそう話していた。婿が、自分たちに嘘をついているとは思わない。ただ寛臣は想像してしまう。自分の婿は、「まともなコーヒー」を日本人に飲ませようと、台湾中の目ぼしい飲食店を探しまわったことが過去にあるのかもしれない。大事な商売相手である日本人たちと良好な関係を築くために、これでもかというほど神経をつかう。かつての父がそうであったように、それもまた仕事の一部なのだと割り切りながら。日本人はとっても親切よ、と娘がかのじょの夫の言葉をひきとる。

——リップンラン・ドゥイ・グン、チンホオ（すごくよくしてくれるわ、わたしたちにも）。

わざわざそう強調するのは、こちらを安心させるためでもあるのだろう。だから寛臣もかれの妻も、異国で暮らす娘のことばに黙ってうなずく。あたし台湾のほうが好き、と孫娘が口を挟む。あらどうして？　日本語で応じたかのじょの祖母に、だって学校行かなくていいし、毎日デパートとレストランに行けるから……と澄んだ声で得意げに孫娘は主張する。あとお祖父ちゃんとお祖母ちゃんもいるもんね、婿は幼い子どもの言うことをそのまま受け入れるのだが、かれの娘はそうしなかった。

――因為我們去台湾的時候、都是なつやすみかふゆやすみ。リ・マレ・タイワン・ドウアーハン、台湾の学校に行かなくちゃダメ。不可能毎天去デパートかレストラン！

まじめな顔で母親がしゃべるのを見つめているようすから、日本語しか口にしなくなった孫娘が、かのじょの母親が口にする台湾語のみならず中国語もちゃんと理解しているのだということを寛臣は確信する……わたしたちが台湾に行くのは休暇のときだからよ。あんただってあっちで育ってたら学校に行かなくちゃならないし、デパートだのレストランだの毎日行けるわけじゃないんだからね……意味はつうじる。意味さえつうじあっているのなら、親と子で、別々の言語を口にするというのは特におかしな状況ではない。しかし寛臣は中国語ばかり喋るようになった自分の子どもたちにむかって、リン・シ・タイワンラン、アイ・ゴン・タイワンウェ、と怒鳴ったことがあった。

――おまえたちも台湾人なら台湾語を話せ！

いつかの自分は、台湾語など祖父のような時代遅れの者が話す言葉だと思っていたというのに。それからまた四半世紀が流れた羽田空港の待合室で、寛臣はやるせなさを覚える。

あら、またおでましよ、と妻が囁く。突然の日本語に何事かと思ってその視線の先をたどると、テレビ画面に午後のワイドショーが映し出されていて、清楚な若い娘が優美な微笑をたたえながら手を振っている。今上天皇の次男坊の婚約者だ。寛臣たちが日本に滞在したこの数日間、現代のシンデレラたるかのじょが微笑するようすをテレビで見ない日はなかった。前の天皇の崩御を見送ったばかりの日本国民にとって、新しい天皇の息子の婚約という慶事はもろ手を挙げて祝福するべきことなのだろう。王子様の心を射とめた女性があんなふうに愛らしいのならばなおさらだ。それにしても、と寛臣は思う。かのじょの舅となる今の天皇陛下が皇室待望の男子として生を享けたというニュースを記憶している自分も、ずいぶん歳をとったものだ。

「あっというまよね」

テレビ画面のワイドショーがＣＭに切り替わると、かれの妻はしみじみと呟いた。

「少し会わなかっただけで、どんどん大きくなる。きっと父親似なんだわ。どんどん賢くなってゆく……」

妻はハンドバッグから丁寧に折りたたんだ紙切れをとりだす。何かと思えば、孫娘の国語の答案用紙なのだ。ひゃくてん、と妻が日本語で言うのを、寛臣は黙って聞く。あたし本を書くひとになりたいの、と話していたときの孫娘のまなざしは澄みきっていた。きっと、遠いむかしの自分もあんな顔をしていたのだろう。あの頃、ひゃくてん、なら何度もとった。寛臣はまずまちがいなく学校の教師たちが、ヨクデキマシタ、と太鼓判を押したくなる模範的な児童だった。あの頃、だれもが、寛臣を良い子だと褒めてくれた。ただ一人、祖父をのぞいては。取り壊された日本式神社の破片が光る中、茫然と立ちすくむ父の姿が寛臣の脳裡に蘇る。日本では一年前まで続いていた「昭和」が、台湾ではあの夏、終わったのだ。

到着

咲蓉《しょうよう》の脇を親子連れが通り過ぎていく。母親と手をつないで歩く男の子は三歳ぐらいだろうか。大きなリュックサックを背負った父親が、幼い息子と妻の少しあとをついていく。かれらのことを、松山機場——台北松山空港——の待合室でも見かけたと咲蓉は思う。動く歩道の入り口で、母親が子どもを抱きあげる。飛機《ひこうき》！　澄んだ声が響く。リュックサックの男性が男の子の頬をつつきながら、

——對阿、我們坐那機到日本來！

吹き抜けのガラス窓のむこうに広がる空には、雲ひとつなかった。

動く歩道に咲蓉は乗らない。ボーディングカードを挟んだパスポートを手に、絨毯の敷き詰められた通路をゆっくりと進む。羽田空港——東京国際空港——の出入国審査につらなる列の流れは、布地のロープによって三つに分けられていた。

右端は、帰国してきた日本人たちのための列。

左端が、入国する外国人の並ぶ列。

中央は、日本のパスポートを持っていないけれど、永住権をはじめ日本に長中期滞在する在留資格をもつ再入国者たちの列だ。

真ん中の列の最後尾に咲蓉はつく。

両親に伴って来日した三歳のとき以来、旅行や一年未満の留学期間をのぞけば、咲蓉はずっと東京に住んでいる。

三歳になるまでの日々は、毎日のように父方の祖父母の家で大勢のおとなたちに囲まれていた。大姑公《おおおじ》夫妻、阿公阿媽《そふとそぼ》、阿伯《おじ》夫婦に従兄たち、しょっちゅう里帰りしていた姑姑《おば》や従姉、叔叔《おじ》の婚約者として顔をだしていた阿嬸《おば》、兵役から帰ってきたばかりの小叔叔《おじ》や、学生だった小姑《おば》……

翠蓉《Cuiróng》はまだうまれていなかった。

咲蓉と翠蓉は、父親同士が兄弟の従姉妹だ。

阿嬸《おば》は、咲蓉の母が二番目の娘——咲蓉の妹——を産んだ東京の病院で翠蓉を出産した。

咲蓉が五歳、妹の笑美が二歳のときのことだ。

叔叔《おじ》の一家は、子どもだった咲蓉の足でも五分とかからない距離に住んでいた。二つの家族の中心は赤ん坊だった。二歳児の笑美までもが、咲蓉と競いあって翠蓉を可愛がる。そのようすは、親たちからしてみれば、ほんの数年前、ほかの子どもたちがすすんで咲蓉と遊びたがっていた姿と重なる。

赤ん坊は一族の宝物。

咲蓉が小学二年生のとき、叔父の一家は台湾に帰国した。翠蓉は三歳になったばかりだった。

「翠」の文字にちなんで、翠蓉は「ミドリ」と呼ばれていた。

翠蓉のＬＩＮＥのＩＤも「midori74」になっている。

咲蓉のＩＤは「hsiao-jung55」だ。

TANG, HSIAO JUNG

それは、咲蓉がもつパスポートの姓名欄に「唐咲蓉」とともに記載された英文である。

三歳のときから更新し続けてきた咲蓉のパスポートは、常に深緑色だ。表紙には「中華民國　REPUBLIC OF CHINA」という国名が金色に輝いている。太陽のマークを真ん中に、「TAIWAN」という表記もある。

このパスポートをもっているため、台湾の空港で出入国審査を受けるときの咲蓉は「持中華民國護照旅客」の列に並ぶ。このパスポートをもつ限り、日本に限らず台湾――厳密には中華民国――以外の国々から帰ってきた台湾人と同等の扱いを咲蓉は受けることができる。

今回の帰国は、翠蓉《ミドリ》の訂婚――婚約披露宴――に参列するためだった。

台北に到着すると咲蓉は、捷運《ちかてつ》ではかえって遠回りになるので、タクシーに乗って父方の祖母と叔父の一家が暮らす家にむかう。

行天宮の裏手の路地に、十二階建てのそのビルはあった。七階の一号室に祖母が、二号室には叔父夫婦と従弟が住んでいる。日中の祖母はたいてい、祭壇がある叔父の家の居間にいる。

咲蓉が七〇二号の部屋のノブに手をかけると、鍵はかかっていない。

ナツカシイ、という言葉よりも早く、感情が咲蓉の胸に湧く。台湾の親戚の家を充たしているのは、いまもむかしも、祭壇の線香と肉や卵を八角などの香辛料で煮込む匂いなのだ。

夕陽を背に、その姿はあった。

オバアチャンと咲蓉は呼びかける。

咲蓉の祖母は、車椅子ごとゆっくりと時間をかけてこちらを振り返る。オバアチャン、とくりかえす咲蓉の顔をみとめて、満面の笑みを浮かべる。

——まあ、まあ……おおきくなったこと！

咲蓉の手をぎゅっと握り締めながら、流ちょうな日本語で祖母は感嘆する。自分のことを孫娘の咲蓉ではなく、曾孫のうちのだれかとかんちがいしているのだろう。が、咲蓉は訂正しない。

ここ数年、咲蓉の堂兄弟姉妹《いとこたち》の子どもが続々とうまれていた。

九十歳になる祖母には、九人の曾孫がいる。これから、さらに増えるだろう。

——お腹空いたでしょう。もうすぐごはんだから、お待ちなさいね。咲蓉は良い子だものね……

いや、祖母はちゃんとわたしが咲蓉なのだとわかっている。けれども、いま、祖母がむきあっているのは、おそらくまだ十歳や八歳のわたしなのだ、と咲蓉は思う。祖母は近頃ますますます、半世紀以上前の記憶とほんの五分前の出来事とを脈絡なく行き来するようになった。きっと、傍《はた》からは脈絡がないようでも、祖母自身にとってはそれぞれちゃんと繫がっているのだろう。話し声を聞きつけて、台所のほうから阿梅《アーメイ》が顔をだす。一年ほど前から、祖母の介護兼家事を担っている女性だ。阿梅阿姨《おばさん》你好、と咲蓉が声をかけると、一個人《ひとり》？　と返ってくる。うなずくと、晩飯準備中《ごはんじゅんびちゅう》、等一下《まちなさい》と言われる。阿姨《おばさん》と呼んではいるが、阿梅と咲蓉は五つしか年齢が変わらない。若々しくはあっても、それなりの貫禄が阿梅にはきちんとそなわっている。高校生の息子を筆頭に四人の子どもたちを故郷の両親に託し、夫とともに阿梅は台湾へ出稼ぎに来ていた。

——アーメイ、ホ・イ、リン・テェ！

祖母が咲蓉を示しながら阿梅に命じる。阿梅は、ホォ、ホォと祖母にうなずく。

不用《いりません》、と咲蓉は口を挟む。あなたは夕食の準備で忙しいでしょうから私にお茶を出さなくてもいいです、と中国語で阿梅に言う。ベヤウキン《だいじょうぶ》、と阿梅は咲蓉の耳にもややたどたどしく感じる台湾語で答えてから、台所に引っ込む。そのすきに祖母が咲蓉に耳打ちする。

――アーメイ・シ、グアッシンラン。イ・ベーヒャン・ゴン・タイギィ……

阿梅の本名は、もっと長くて複雑らしい。けれども祖母がアーメイと呼ぶので、ほかの家族にとってもかのじょはアーメイとなった。媽媽《かあさん》はだれとかんちがいしているのやら、と叔父が言っていた。アーメイのメイ、は、だから、梅でも、美でも、妹でも、どれでもいい。親戚のだれも正確に発音できない阿梅の本当の名前を想像すると咲蓉は楽しくなる。阿梅のふるさとには、自分にとって新鮮な響きが溢れているはずだと思うと、咲蓉の心は弾む。

前回、台湾に帰ってきたときも、祖母が言っているのを咲蓉は聞いていた。アーメイ・シ・グァッシンラン。叔父が祖母にむかってこう訂正するのも聞いた。

――阿梅不是外省人、她是外國人！

日が沈む頃には、咲蓉の両親も到着し、家主である叔父夫妻、従弟の全員が揃う。いつもの週末なら、すぐ近くに住む翠蓉と叔母も一緒に円卓を囲むのだが、翌日には花嫁と花嫁の母親であるふたりはネイルサロンでの施術が長引いているらしく、今夜はこちらに寄らないと連絡があった。

——エミチャン、忙しい？　育児中か。

鍋の中の鶏手羽元を椀に掬いながら叔父が訊く。咲蓉の母も台湾語まじりの中国語で応じる。

——そうよ、あの子は赤んぼで手一杯。

——いま、何か月？

——えっとね、こないだで十か月。そうだよね、サキチャン。

母が咲蓉の顔を見る。ん、と魯肉飯《ローバーペン》を呑みこみながら咲蓉はうなずく。名前はなんていうんだっけ、と叔母がたずねる。チーチャンと母。チーチャン？　待ってましたとばかりに咲蓉の父親が口を開く。

――千晴《Qiánqíng》。千に、晴れと書く。日本語では、チハル。

初孫の名を説明する父は誇らしげだ。

千晴は、妹の笑美が産んだ子――咲蓉の姪――の名である。

中国語と台湾語が順不同で飛び交う会話を聞くともなく聞いている咲蓉の耳に、もっとたくさん食べなさい、という声が聞こえる。傍らにいる祖母だ。

――遠慮しないでね。どんどん食べるのよ。

そう言いながらも自分はほとんど食べていない祖母に、咲蓉は笑みを返す。祖母は円卓にずらりと並ぶ料理を見渡しながらそのまま日本語で続ける。

――今日はだいじょうぶね。以前はいくら作っても、作っても、いつもごはん、足りなくてね。みんなたくさん食べるから、おとうさんも、みんなもね、ママ足りないよ、もっともっと欲しいってね……

ママ、はたぶん、祖母自身のことだ。

それなら、おとうさん、とはだれのことなのだろう?

祖父だろうか？

伯父と父と叔父たちの父親にあたるそのひとは、五十にも届かぬうちに亡くなっている。最年長の従兄もまだうまれる前だ。咲蓉は遺影でしか知らない祖父が、祖母の手料理を次々とたいらげるさまを想像する。

咲蓉が祖母の日本語に耳を傾けている間も、父たちの会話は続いていた。まだ走り回らないいんだろう、と叔父が言う。持ち運びが楽なうちにエミチャンは娘を連れてきちゃえばよかったんだ、そう茶化す叔父に、ずいぶん簡単に言ってくれるじゃないの、と咎める母の声にも笑いが含まれている。あのエミチャンも母親になったとはねえ、叔母が嘆息する。翠蓉《ミドリ》も結婚するし、あたしも歳をとるはずだわ、しみじみと叔母は続ける。サキチャンはどうなんだ？　という叔父の台湾語と、キク子さんは礼儀にとても厳しかったのよ、という祖母の日本語が重なる。自分のことが話題にのぼっている。咲蓉が気づくよりも早く、

――この子は貴族《guìzú》だからね。

父が口を挟む。

單身貴族《dānshēnguìzú》。

独身貴族。

叔父は声をたてて笑う。それから、サキチャンを女房にしたいっていう男が日本にも台湾にもいないってのは我が一族の七不思議のひとつだね、と言う。叔父の仰々しい口ぶりが妙に可笑しく、咲蓉は笑ってしまう。母は何食わぬ顔をしながら米粉を啜っている。叔母はかのじょの夫を睨みつけると、

――結婚さえすればしあわせになれるとは限らないわ。

あとになってから咲蓉は、自分を気遣うために叔母はこう言ったのだと気づくのだが、

――でも、小阿嬸《おばさん》は小叔叔《おじさん》と結婚してとってもしあわせそうよ。

咲蓉の反応に叔母が困ったようにほほ笑んだきり、食卓に沈黙が生じかける。

――志豪《Zhìháo》、駐屯地は決まったのか?

父が、従弟にむかってたずねる。ん、台北……と答える志豪は祖母にとって最年少の孫だ。

——台北？　よかったわね。

——そうなのよ、市役所で監視役。

——まったく、おおはずれだな。しかも、たった一年で帰ってこられるときているる……

咲蓉は、従弟のほうを見る。目が合うが、志豪は食事に夢中な素振りをよそおい、東京からやってきた従姉からさりげなく目を逸らす。気持ちはわかる。志豪とふたりきりになったら、何を話したらいいのかわからないと咲蓉も思う。だから、そうならないようにお互い気をつけている。日本語訛りの中国語を話す従姉が、自分の父親のことをとしの離れた兄のように慕っていたとは、志豪には信じられないだろう。咲蓉が台湾にいた頃の叔父は、ちょうど今の志豪とおなじ年頃だった。

——おれたちの頃は、少なく見積もっても二年は拘束されたもんだ。だから今どきの若者はヤワなんだよ。

——あたしは、いいことだと思うわ。我が国が平和になった証だもの。

わざと仰々しく、我們國家《wǒmenguójiā》、と母は発音してみせる。

中華民國籍の男子には兵役の義務がある。咲蓉と笑美のどちらかが男の子だったのなら、父は日本国籍の取得を決意したかもしれない。日本で育った我が子が台湾で兵隊に行かずに済むように。

娘しかいないから、父と母は帰化しそびれた。

いや、息子がいないので、帰化せずにすんだ。

咲蓉の両親は、四半世紀以上も外国人として日本で過ごした。もしも日本に帰化していたら、法の上では外国人として台湾での余生を送らなければならなかった。あるいは、日本の国籍を持っていたのなら、父と母は今も東京に残っていたのだろうか？

父の定年退職を機に、両親が台湾に帰国してからもうじき三年になる。とはいえ、特に千晴がうまれてからのこの十か月は、しょっちゅう東京に帰ってきている。祖母宅での夕食を終えると、咲蓉は両親について、ふたりが暮らす新北市のマンションに帰る。父と母が第二の人生を送る家には、咲蓉と笑美の部屋もある。捷運《ちかてつ》は混むからと、タクシーを拾う。

行天宮からは、車で一時間弱。車が走り出してしばらくすると、

——気にしなくていい。

日本語だった。父が咲蓉に言うのだ。

——小叔叔《おじさん》みたいに、もしかしたら明日も、ほかのひとたちが色々言うかもしれないけれど、気にしないこと。パパとママは、きみが元気でしあわせならば、それで大変いいと思う。

素知らぬ顔をよそおってはいるものの、母もまた咲蓉の反応を待ち構えている。カーラジオから午後八時を告げる時報が鳴る。父の肩越しの車窓から、ライトアップされた圓山大飯店が遠ざかってゆくのが見える。中国の宮殿式建築を模したその

建物を指さし、あそこにはキョンシーが住んでるんだよ、とからかったら笑美は本気で怯えた。少なくとも小学校に通っていた間の妹は、台湾に戻ってきてこのあたりを通るたび、父か母にしがみつき目を覆う羽目となった。姉である自分の言うことを、なんでもまにうけた。そんな笑美が今では、咲蓉が千晴を抱きたがるたびに、おっことさないでよ、といつかの母とそっくりの調子で釘をさす。咲蓉の沈黙に含みを感じたのか父が咳払いをする。

——とにかく、ぼくたちは咲蓉が健康で充実しているならそれで充分だ。

中国語で言い直す。母もうなずいている。

その実、咲蓉は叔父の言っていたことなど、まったく気にしていなかった。それでも神妙な調子で、謝謝爸爸、と呟いたのは、適齢期をとっくに過ぎた娘の行く末をあれこれ詮索される両親に対して、ややもうしわけない気持ちになったためだ。だれかの妻や母ではないけれど、咲蓉に不自由はない。むしろ、だれかの妻や母ではない分、身軽に、たのしく生きている。少なくとも、両親にはそれが伝わっているようだからよかった、と思う。ところでサキチャン明日は何の服着る？　母が話題を変える。

ネイビーツイードのワンピースを新調した。それを着て、パールのネックレスをつける予定でいる。大学の卒業祝いに両親がくれたそのネックレスを、咲蓉は大伯母の傘寿の祝宴のときにもつけたのだった。

あの日、咲蓉を一目みた途端、

——あらまあ、日本から来るっていうから振袖を期待していたのに、そんな地味な恰好をして……

目を見開きながら、

——真珠の首飾りだけだなんて。もっと、あたしみたいに、じゃらじゃら飾り立てなくっちゃあ！

茶目っ気たっぷりに大伯母は両腕を広げてみせたのだ。

姑婆《おおおば》は、流ちょうな日本語で咲蓉にむかってさらに言い聞かせる。

——いいこと？　成人式には、もっとちゃんとたくさん宝石をつけるのよ。

咲蓉は苦笑しながら、成人式は笑美のほうだよ、と姑婆に教える。

——こう見えてあたし、もう二十三歳になるんだから。

あれから、十五年の月日が流れた。

——姑姑《ねえさん》も明日、式に参列するの？

夕食のとき、祖母は言った。志豪はうつむいたままだったが、おとなたちは気まずそうに目配せしあう。

——媽媽《かあさん》、姑姑《おばさん》は亡くなった。こないだ、みんなで見送ったのを忘れたの？

父がつとめて穏やかな口調で祖母に言い聞かせる。

——葬式で媽媽《かあさん》わんわん泣いてたじゃないか。

叔父が軽口を装って声量をあげるが、母や叔母は表情を硬くする。姑姑《ねえさん》は最近どうしてるの？　祖母が周囲にそう問いかけるのはこのときが初めてではないと咲蓉はあとで母から聞かされた。

大伯母が逝去して、もうじき一年が経つ。

阿媽《そぼ》と姑婆《おおおば》は若い頃しょっちゅう衝突していたという。気の強い嫁と、歯に衣着せぬ小姑だったのだ。それでもふたりは、それぞれ四十半ばで夫と弟を失ったあとの時間を共有してきた。大伯母がもういないことを祖母が忘れてしまうのも無理はない。なにしろ、共に生きてきた時間が長すぎるのだ。

祖母が今の咲蓉の年齢だった頃、まわりにいたひとびとの多くは、すでにこの世にいない。

——……それでね、あたしにキク子さんがいうのよ。ぼーっとしないで早くお客様にお茶をお出ししなさいって……キク子さんはふだんはとても優しいひと。でも、怒るとこわかったのよ。キク子さんが怒るのは、あたしがうっかりしてお客さんに失礼したようなとき……

祖母は、祖父に嫁ぐ前は日本人の家に奉公していた。キク子は、祖母の女主人だったひとの名である。

咲蓉を、キク子とかんちがいすることが祖母にはある。

――キク子さんはやさしいから、あたしの、こんなへたな日本語も、そうやってじっと聞いてくださるのよね、ほかのひとはすぐ怒るの、やい、おまえ、もっとちゃんと話しなさいって。だからあたし、キク子さんがやさしくしてくださるの、大変うれしいのです……

キク子やその家族たちは、台湾語を知らなかった。小学校で日本語を教わったおかげで、祖母は主人たちが自分に何を命じているのか、かろうじて聞き取れた。日本人の中にはつらくあたるひともいたけれど、キク子さんだけは自分にとてもやさしかった。

だから懸命に尽くした。

祖母の日本語はだんだん上達した。それでも自分とおなじ年頃のキク子さんの息子さんや娘たちは、お芋ちゃんの国語は土まみれの国語、といつも祖母をからかった。お芋ちゃん、はかれらが祖母につけた愛称だ。

でもね、戦争がおわったら、日本人たちはみんな台湾から離れなければならなかったの。イン・チョ・コーレン《かわいそうよね》……

祖母の話に耳を傾けながらも、咲蓉は素直にうなずけない。

（ナ・ウ・コーレン《かわいそうなものか》？）

なぜ、台湾人は、日本人にこんなにもやさしいのだろう？

いまも、むかしも。

台湾は、日本にやさしすぎる。

箸を持つ手がとまった咲蓉にむかって、

――ウ・パー・ボ？

祖母がたずねる。咲蓉が、チョ・パア、と祖母にむかって笑ってみせると、祖母も満面の笑みとなる。

中国語なら、大学のときに第二外国語としてまなび直した。でも、と咲蓉は思う。

台湾語を自分は、いちども教わったことがない。それなのに、わかる。なんだか、わかる。祖母や、両親や、何人ものおじやおばの声をとおして聞く台湾語なら、ちゃんと咲蓉には理解できる。シアンナ、エタンアネ？

……「再入国者」たちの最後尾につくと、咲蓉はポケットからスマートフォンを出す。機内モードを解除した途端、ＬＩＮＥの通知が来る。

――おねえさん、今回、あたしの訂婚、参加をありがとう。次会うこと、楽しみしてます

猫のイラストのかたわらに、ありがとう、というひらがなが書き込まれた吹き出しのスタンプも続けて届く。

翠蓉《ミドリ》も、高校生の頃に独学で日本語をまなび直した。

――日本は、わたしにとって、外国じゃありません。わたしは日本でうまれまし

たから。

自分と翠蓉は、逆だったかもしれない。台湾で育ったわたしと、日本で大きくなったあの子……子どものときから、こんな想像ばかりしてきた。

再入国者の列は短かった。前のひとが終わったので、咲蓉は前に一歩すすむ。東京国際空港の出入国審査官に咲蓉はパスポートとボーディングカード、そして、在留カードを差し出す。審査官に促されて、両手の人差し指を機械にのせる。顔写真を撮る。ほどなくして、パスポートとボーディングカードと在留カードを返却される。

上陸許可（再）
3.APR.2017
HANEDA　A. P
入国審査官・日本国

台湾と日本。

「入境」と「上陸」を繰り返し、三十五年が経つ。

両親とは別に、自分だけでも帰化を、と考えたことがないわけではない。ただ、年数を重ねれば重ねるほど、日本の国籍があってもなくても、自分はとっくに日本人のようなものだから、今さら別にね、という気持ちが大きくなってゆく。申請に関する煩雑な手続きが億劫なのもある。逆に、自分がパスポートまで日本のものを持つようになれば、台湾では完全に「外國人」となってしまう。それをもったいなく思う気持ちもある。

いずれにしろ今の咲蓉には、「中華民國」の旅行券と日本国政府が発行した「永住者」と記載された在留カードをもちながら日本と台湾を行き来することが、それほど苦痛ではない。少なくとも、以前ほどは。あるいは、今のところは。

手荷物受取場では、幸運にも咲蓉のスーツケースが真っ先に流れてきた。税関で携帯品は特にないと申告して、一連の手続きは終了だ。咲蓉は自動扉をくぐる。

Welcome to Japan
欢迎光临日本
저기 일본

英語、中国語、韓国語……東京に到着した訪日客を歓迎する文字の中に、

おかえりなさい

というひらがなが混じっている。
これが目に入ると、帰ってきたと咲蓉は思う。台湾語まじりの中国語が耳に飛び込んできたときにも同じ感情を、咲蓉は抱く。

音の彼方へ

（……）パスポートは、他国への入国許可取得ではなく、出身国に帰還するために必要かつ十分な書類であるといえよう。書類が本物であるとみなされたと仮定して、パスポートは、発行国が支配する領土に入る疑う余地のない権利をその所持者が有することを示す。このような思いがけない事実をふまえると、なぜ海外旅行者が遠く離れた土地でパスポートを紛失したとき、パニックに陥るのかがよくわかる。パスポートを紛失すると、さらに別の国々へ旅行するのが難しくなるということのほかに、その不運な旅行者は、パスポートなしでは出身国への帰還が困難に、あるいは不可能にさえなるのではないかと怖れるからである。生命線を絶たれたその旅行者は、通行権を与える権限を国家が独占する世界のなかを、あてもなくさまようしかない。

——ジョン・トーピー

出発前夜、東京にて‥
２０１２年２月29日、未明

入国スタンプを押されるとき、四年にいちどしか来ない日付が刻印される。それを想像したとたん、出発の日は決まった。

ぱんぱんに詰まったスーツケースに鍵をかけ、あとは出発するだけ。時計を見るとちょうど日付が変わったばかり。うるう年でなければ3月1日を迎えるはずの深夜、私はパスポートに挟んでおいた一枚の書類を机に置く。縦9センチ横20センチの小さな書類《カード》だ。真ん中に切り取り線が入っている。正式名称は「再入国記録 EMBARKATION CARD FOR REENTRANT」。日本国籍を持っていない私にとって、「海外」に出かけようとするのなら、必ず「再入国記録」の記入をしなければならない。要するに、外国人の私は、日本を「出国」するとき「再入国」の意志を申告しておく必要がある。

私は姿勢を正した。まるで何かの儀式を執り行う気分で、ボールペン——日記を綴るときに遣うお気に入りのものである——を握る。

氏、温

Family Name、WEN

名、又柔

Given Names、YOU-ROU
生年月日
Date of Birth、Day 14 Month 05　Year 80
女
Female
航空便名・船名
Flight No./Vessel、BR 189

Eチケットの控えを傍らに用意してあったので、そこまでは一息だった。

国籍

私の国籍。それについて思うとき、私は、いつも揺れる。
日本人から、お国はどちらですか、と訊かれた両親が、我々は台湾人です、と言うのをいつも聞いていた。だから私も、同じ質問をされれば、自分は台湾人なのだと答えていた。

けれども私がナニジンなのかどうしてもよく分からないという友だちもいた。台湾人と中国人の区別がつかずごっちゃになっている子もいたし、私を韓国人だと思っていた子もいた。私は可笑しくなる。

——ちがうよ。だってあたし、韓国語を話せないもの。

——何語を話せるの？

——中国語。

——じゃあ、又柔ちゃんって中国人なんだね。

——ううん、台湾人なの。

——タイワン？　中国語を話すのに中国人じゃないの？

はて。どうしてだろうか。私は、十歳になるかならない頃だった。あの会話をしたあとも、私はずっと、日本に住んでいる。

　中国（台湾）

「再入国記録」の国籍欄に父と母がそう書くので、私もずっと「中国（台湾）」と書いていた。一度、「台湾（中国）」と書いてみたことがあった。ちょっとした挑発のつもりで。

台湾（中国）

それを見た母は少し笑い、父は何も言わなかった。羽田空港の入国審査官も何も言わなかった。顔色ひとつ変えず、淡々と、私の「再入国」を許可した。私はいつもどおり――「中国（台湾）」と記入したときと同じように、スムーズに「再入国」を果たした。拍子抜け。そして思い知る。私の国籍が、「中国（台湾）」であろうと「台湾（中国）」であろうと、日本の入国審査官にとっては大した違いがない。

私の国籍。私という個人が属していることになっている国家の名称。それについて考えるとき、私は揺れる。ボールペンを置き、傍らのパスポートを手にとる。私とパスポートの付き合いは長い。考えてみれば三十年近くの歴史がある。三歳になるかならないかの頃からずっと、パスポートは私の身分を証明してきた。私が温又柔であると保証していた。ほかでもない私自身が、お名前は？　と訊かれて、オンユウジュウです、と答えることができなかった時期から。それ以来、一度も途切れることなくパスポートを更新し続けてきた。数えたことはないけれど通算十数冊目であるはずの私のパスポートの表紙には「中華民國　REPUBLIC OF CHINA」と金色の文字が記されている。真ん中あたり——日本のパスポートなら菊の紋章に該当する位置——には、太陽の形のマークが描かれてある。これは中国国民党の党章を基本とした「中華民國」の「国章」だそう。国章の下側には「TAIWAN 護照 PASSPORT」とある。以前は「TAIWAN」の表記はなかった。それが記されるようになってからまだ十年も経っていない。

> 台湾外務省は2003年9月1日、表紙に「TAIWAN」と記した新しい旅券を発行した。（……）外務省は新旅券の発行の理由を「中華民国」とだけ書かれた旅券は中国の旅券と混同され不便と説明している。中国は「段階的独立の動き」と反発した。
>
> ——『台湾史小事典』より

中華民国（≠台湾）外務省の発行したパスポート。表紙に「REPUBLIC OF CHINA」と「TAIWAN」が同時に並ぶパスポート。台湾（≠中華民国）じたいが、「中国

（CHINA）」と「台湾（TAIWAN）」の間で揺らいでいる。

「再入国記録」の国籍欄には、「Nationality as shown on passport」という英文が添えられている（こうした書類に併記される言語は何故いつも必ず英語なのか）。ただ「国籍」というのであれば「Nationality」だけでいいはずだ。何故「as shown on passport」と続くのだろう。パスポートを持たないひとは、どうすればよいのだろう。もちろんそんなことはありえない。「再入国記録」の記入は、（渡航先がどこであろうと）日本からの出国を前提とした行為なのだ。そして、出国には、パスポートの掲示が不可欠なのである。

私はふたたびペンを握ると、「再入国記録」の国籍欄に書き込む。

台湾

この頃は、これで充分なのである。父が言っていた。この頃、というのは、たぶん、中華民国外務省の発行するパスポートの表紙に「TAIWAN」が表示されるようになってからのこと。もしも自分の両親が中国人なら、とふと思いつく。父と母のパスポートが「中華民国」の発行したものではなく「中華人民共和国」のものだったとしたら？　私のパスポートも「中華人民共和国」だった。そして私は少しもためらうことなく、「再入国記録」の国籍欄に「中国」と書いていた。こんなふうに「台湾」と「中国」の間で揺れることはないのだろう。ふとした弾みに、もしも〜だとしたら、と考えるのは私の子どもの頃からの癖である。もしも生まれた台湾で育っていたら。もしも生まれたときから日本人だったら。もしも日本ではない国で育ったのなら……そうであったかもしれない自分と、そうではなかったかもしれない自分。架空の私がことあるごとに彼方で点滅しているのを感じる。それらの私にとって、今、ここにいる私もまた、架空の存在なのかもしれないと想像する。

……ともあれ、今、ここにいる私は、台湾のパスポートと日本に戻ってくるための「再入国記録」のカードを眺めていた。もしも自分が日本育ちの台湾人ではなく、同じ日本育ちであっても中国人だったのだとしたら、こういうときに台湾のことを考えるのかな、と思っている。私はすべての欄を記入し終えた「再入国記録」カードを、パスポートに挟んだ。あとは出発するだけ。

主な渡航先国名、Destination　台湾

署名、Signature　温又柔

初日、機上にて‥
2012年2月29日10‥40
10‥45羽田発、13‥30台北松山空港着　BR 189
毛布にくるまってうつらうつらとしていると、除雪作業のため離陸が予定時刻よりも遅れるというアナウンスが聞こえてくる。
雪は、夜が明ける前から降っていた。空港までが心配だった。午前七時少し前、私は自宅を出た。予定時刻より十分以上も早いのにタクシーはもう停まっていた。十日分のあれこれをこれでもかと詰め込んだスーツケースがひどく重たいので、あらかじめ呼んでおいたタクシーだった。スーツケースを引き摺る私がよっぽど危なっかしく見えたのだろう。運転手が小走りで駆けよってくる。アスファルトの舗道にうっすらと雪が積もっているのを確かめて、すでにドアの開いていたタクシーに乗り込んだ。車にはめったに乗らないので、バックシートに座った瞬間、もう気持ちが昂ってくる。タクシーが発進すると、見慣れた街が勢いよく遠ざかってゆくのを喜んで眺めた。出発の朝。空を覆う雲は眩いほど白かった。その明るい白い雲から、雪がチラチラと落ちてくる。数時間後にはあの雲を突き抜ける。空にいる。

……いざ機内に乗り込み、シートベルトで身を固定したとたん、眠気がおしよせてくる。昨夜は出発前夜の昂奮でよく寝られなかった。朝、念のためにと呑んだ酔い止めの薬もバツグンに効き始めている（副作用は激しい眠気！）。私は眠たいのに寝たくない。せめて飛ぶまではと思い、夢とうつつを行き来しながらガンバッテいた。離陸が遅れているとの機内アナウンスが、私をうつつのほうへと引っ張ってくれる。日本語のアナウンスが途切れると、英語でも同じ意味が繰り返される。さらに中国語、そして台湾語でも。

——インウィ・ベドーセー、フェーギーエキブェーエシーガン、エ・エンゴ……パイセ。

パイセ。私の感覚では、ごめんね、とか、すまないね、といったややくだけた日本語に訳したくなる。しかしそれは、日本語のアナウンスでいう「ご了承くださいませ」に該当する部分なのである。パイセ。こんな形で台湾語を聞くのはこそばゆい。私にとっての台湾語は、たとえば、家の中にいるときにくつろいだ心地で交わされる言葉であって、こんなふうに公共の場で、かしこまって用いられる言葉ではなかった。以前は、少なくとも私が小学生ぐらいまでは、飛行機に乗っていて台湾語のアナウンスを聞くことはなかった。台湾語は禁じられた言葉だった。それが今では、台湾語が流れる。それどころか、総統も直接選挙を意識して演説には台湾語を織り交ぜる。２０１２年１月15日未明、二期目再選を果たした馬英九の勝利演説がまだ記憶に新しかった。中国語で「這様好嗎?」と呼びかけるのではなく「アネホーボ?」と台湾語で呼びかけていた。

——アネホーボ?

(そうではないでしょうか?)

……雪が原因で離陸が遅れている機内の通路を、客室乗務員たちがせわしなく行き来している。どんなに忙しそうでも彼女たちは最低限の優雅さを失わない。そういうふうに特訓されているのだろう。母によると私は幼稚園の頃、将来の夢は?と訊かれて「スチュワーデス!」と即答したそうだ。スチュワーデスになりたかった気持ちは全然思いだせないけれど、飛行機に乗るたび、ほほ笑みを絶やさぬ客室乗務員たちに優しく話しかけられたことなら覚えている。

——你幾歳(いくつ)?

——不要哭(泣かないで)。

——乖孩子(おりこうさん)!

紫色の制服をまとった「スチュワーデス」たちは、私たち母娘に次々と中国語で話しかけてくれた。私は三歳か四歳。私たち母娘が「チャイナエアライン」社の飛行機に乗って台北—東京間を頻繁に行き来していた時期である。三十二、三歳の母は、コンニチハ、アリガトウ、サヨナラの三言しか日本語を知らなかった。あの時の母と同じ年頃になった私は、つい先ほど客室乗務員——今では「フライトアテンダント」と言わなくてはならないらしい——から日本語で話しかけられた。「エバーグリーン」社の深緑色の制服をまとう「フライトアテンダント」は、旅客の所持するパスポートではなく、その顔つきやしぐさ、全体的な雰囲気からとっさに判断したのに違いない。だとしたら、なんとも妥当な判断！

……大変お待たせいたしました、まもなく当機は離陸の準備に入ります……英語、中国語、台湾語……フェイギ、ベッ・ズゥンビ・ガンロッア……

台湾語のアナウンスが途切れたら、いよいよ離陸だ。はやる心をおさえきれず、私はぴんと背筋を伸ばした。轟音。もっとも昂奮させられる瞬間がやってくる。飛行機が地面を蹴りあげる（のを想像する）。空間が浮きあがる（のを体感する）。斜めになる（のを感じとる）。

（飛ぶ！）

子どもの頃からこの瞬間が好きだった。ここから、ここではないどこかへ。醒めたまま夢に触れているような昂揚感が募る。三歳、八歳、十二歳、十七歳、二十歳……空港に充ちる空気を吸うだけで、この瞬間を予感して、浮かれた。しかし三十一歳の私の脳裡には、ある言葉がよぎる。

少なくとも一日に一回は、もし自分が、旅券をもたず、冷蔵庫と電話のある住居をもたないでこの地球上に生き、飛行機に一度も乗ったことのない、膨大で圧倒的な数の人々の一員だったら、と想像してみてください。

――スーザン・ソンタグ

宙に浮かんだ飛行機は、やがて安定期に入る。斜めだった空間が平らになった。シートベルト着用のサインが消えて、機内はたちまち生活空間の気配を醸し出す。客室乗務員たちがおしぼりを配って歩いている。約二時間半の空の旅の始まり……通路側の席なので、窓の外が見たいなら遠慮がちな横目で。たった数時間前、タクシーの中から見あげた雲よりも上に、確かに私はいた。空が青い。空の空も青い。（飛んでいる）。右の肘をつんと突かれる。後ろの席にいるエイコさんだ。私たちは横並びの席を確保しそこねて前後になってしまったのである。小さな紙切れを手渡される。紙切れをわくわくと広げながら、まるで授業中みたいだと思う。

――「水果」ってどういう意味ですか？

質問文よりもやや小さな文字で「授業中みたいですね」とある。同じことを考えていたことに可笑しくなる。私は「水果」の隣に「くだもの」と書いて、さらに葉っぱつきのリンゴの絵も添えてから、紙切れを後ろの席に送る。なるほど、という表情を浮かべるエイコさんを想像しながら、旅行が始まっていることを私は噛み締める。機内はいよいよ生活空間としての気配を濃厚にしはじめる。食べものの匂いが充ちてきたのだ。チキンかポークかさんざん悩んだあげく、隣の席のひとが選ばなかったほうのポークにした。少し硬かったけれど味は悪くない。「水果」には、リンゴとオレンジとメロンが一切れずつ。食事を済ますと、遠慮がちだった眠気がいよいよ鮮やかに襲ってくる。眠ることにした。毛布にくるまって目を閉じると、夢とうつつの輪郭がさらに曖昧になる。

雲を突き抜けて、空を飛ぶ。

穏やかに波うつ水の中をたゆたう心地。揺れながら眠ることの醍醐味。スーザン・ソンタグの箴言を忘れ呆けて私は幸せだった。中国語とも台湾語ともつかない囁きが聞こえてくるような気がする。

台北松山空港にて‥

2月29日14：00

タイワン、のイントネーションについて。

日本語では、タイワンと尻下がりのイントネーションで発音するのがふつうだろう。タイワンの「ワン」を、ワーン、と平らに伸ばして発音すると、途端に中国語っぽくなる。「タ」を少々濁らせて、「ダイ」と「ワン」をそれぞれ低く抑え込みながら言えば、もう立派な台湾語。

（あくまでも私の個人的な感覚です）

タイワーン、とダイワン。

日本生まれの妹はときおり混乱するようだが、台湾で生まれ、二歳半まで台北に住み、四歳の春に日本の幼稚園にあがるまではほぼ中国語と台湾語だけを聞いていた私は、どちらが中国語で台湾語なのか瞬時に判る。けれども私は、「台湾」が、日本語ではタイワンと発音すると知ってからは、タイワーンともダイワンとも言わないようになった。友だちや先生といった日本人に対してはもちろん、台湾人である両親や親せきが相手の時も、日本風にタイワンと言うようになった。ほとんど無意識のうちにそうしていた。日本の学校に通うようになり、日本語を習得しつつあった私は、自分自身でも知らずしらずのうち、自分の中にある非日本的な響きを疎んじるようになっていたのである。

……BR 189便が台北松山空港に到着する。いよいよ「台湾」だ。今の私が、台湾、と日本語で思うとき、その「タイワン」という響きは、少なくとも三つのイントネーションを同時に秘めている。飛行機から一歩降りると、まだ建物の中にいるというのに、もう、南の匂いのする風に撫でられている気分がした。東京はあれほど冷え込んでいたのに。これから国内線に乗り換えて、さらに南の台東へと向かう。まずは「入国」。ここでまた、エイコさんとはいったん別れなければならない。「外國人」の列の最後尾についたエイコさんに、あとでね、と手をふって「本國人」の列へと向かう。「外國人」の列よりもそれはずっと短かった。エイコさんや同じ飛行機に乗っていた日本人たちを何人も追い抜いて、その短い列に並ぶのは抜け駆けのようでちょっとうしろめたい。いや、堂々と振る舞えばいい。タイワン。私は、ここでは、外国人ではない。今、手にしているパスポートが、その又とない証ではないか。

私は、台湾《ここ》では外国人ではない。

私がそれを最も意識する場所は、空港だ。それも入国カウンターで、だ。何よりもまず、訪れた個人がどこの国家のパスポートを持っているのかを問う場所。たとえ私が、どちらかといえば自分は日本人だと感じている、と主張したとしても、それがどうした。審査官は、私がナニジンであるかを私の持つパスポートによって判断する。前のひとの審査が終わったようだ。赤い線の向こうに踏み出そうかどうか躊躇している私を、早くしろ、とばかりに審査官が見やる。そもそも一段高いところに座っているので、その視線は、どうしてもこちらを見下ろすものになる。審査する側とされる側。される側の私は、なすすべもない。それでも（それだから？）私は、明るく感じよくふるまう。

——ニーハオ。

口の端を思い切り引っ張ったような発音は、我ながら中国語を習いたての日本人のようだと思う。審査官は言葉で挨拶に応えることはなく私が差し出すパスポートを受け取る。このひとはいつもこうして、台湾にやってきた外国人、あるいは台湾に戻ってきた台湾人のパスポートを確認しているのだろう。子どもの頃、飛行機は自分が乗るときだけ飛ぶものだと思っていた。空港は、自分が行くときだけそこに存在するのだと思っていた。私が乗ろうが乗るまいが飛行機は毎日飛び、私が幼稚園に通っているあいだも毎日、空港では誰かが働いているとは思いもしなかった。自分の目の前で、審査官が淡々と仕事をこなすのを見つめながら、これが彼の日常だと思うと、今もふしぎな心地がする。

「温又柔（Wēn Yòuróu）？」

中国語で名前を呼ばれて、私は緊張する。何しろ、「本國人」とはいえどふつうの台湾人とは事情が異なる。東京入国管理局が発行した「在留資格：定住者」「再入国許可」の貼ってあるそのパスポートに、万が一何か問題があったら……と不安をおぼえる。どぎまぎしながら顔をあげると、審査官と目が合う。

「這麼好的名字！」

（素晴らしい名前だね）

気が抜ける。私は弱々しく笑いながら、謝謝（ありがとう）、と審査官に応える。有點不好意思（ちょっと恥ずかしいんですが）、と付け加える。審査官の顔がややほころびる。

「為什麼不好意思？　我覺得很合適你的」

（何故、恥ずかしいんだ？　よく似合っているよ）

似合う？　私はこそばゆくなる。

「温又柔不太温柔！」

大学生の頃、中国語のクラスメートにそうからかわれたことを思いだす。意味は、温又柔はあまり温柔ではない！……である。「温柔（wenrou）」は、中国語で「やさしい」を意味する。

……私は審査官にとびきり「温柔」な笑顔をむけながら「謝謝」と告げる。パスポートを返してくれるとき、審査官も慎ましやかな笑みをほんの一瞬だけ浮かべる。２０１２年2月29日。そうやって私は台湾に入国（帰国？）したのだった。自動ドアが開くたびに到着ロビーでこちらを窺っているひとびとの姿が見え隠れする。その中には、私の父もいるはずだった。ほんの一目でも私の顔が見たいからと、会社を抜けて会いに来るというのである。私に「又柔」と名付けたのは父である。エイコさんが手続きを終えるのを待ちながら、父は私に「やさしいひと」になって欲しいと願ったのだろうか、と考える。

「台湾は、初めてですか？」

エイコさんにむかって、父がたずねている（父の発音する台湾は今でもタイワーンと聞こえる）。父が日本語を話すのは久しぶりだと思う。いやそんなはずはない。父は、私や妹とも日本語で話す。父が、日本人に対して日本語で話しているのを聞くことが久しぶりなのだった。むかしから父の日本語はどことなく教科書のようだった。父は、独学で日本語を勉強した。教科書を丸暗記するほど熱心に読みこんだ。それで未だに父は、娘の私たちにも「です・ます調」で話す。日本で生活しているうちに必要に駆られながらなんとなく日本語を身につけた母とはまったく対照的なのだ。私たち姉妹は、いささか適当な母の日本語を好きなように、やや丁寧すぎる父の日本語も好きだった……考えてみれば、父が初めて日本に渡ったのは三十歳になるかならぬ頃。なんと今の私よりも若かったのだ！当時の父にとって、日本は、外国そのものだった。ちょうどエイコさんにとっての台湾が、今、そうであるように。エイコさんが、台湾は初めてだと父に言っている。私は、私の友だちを父に自慢したくなる。

「エイコさんはね、スペイン語がとてもじょうずなの」

スペイン、の部分をゆっくりと発音する。西班牙（xībānyá）と中国語で言う準備もしておく。スペインを父はちゃんと理解した。それはすごいですね、とエイコさんに笑いかける（あとでエイコさんに、父のその笑い顔は、私とよく似ていると言われる）。

「エイコさんは、メキシコで勉強していたのよ」

メキシコという日本語も、父はちゃんと理解した。ああ、それはすごいですね、と再び笑う。スペイン語だけではない。エイコさんは、フランス語もよくできる。きっとその気になれば、中国語もあっというまに覚えるのだろう。中国語ができれば十三億人と会話ができる。かつて、そんな煽り文句が流行ったことがあった。しかしエイコさんは、中国語ではなく台湾語の入門書を買ったという。それも旅立ちの何週間も前から。全然わからないけれどＣＤで音を聞いているだけでおもしろい、とメールをくれた。ダイワン。

……台東、蘭嶼、高雄を巡り、最後の夜は、台北で過ごす予定だった。父は私たちの台湾旅行最終日にも会いに来るという。台東行国内線の搭乗時刻まで、あと一時間以上もあった。エイコさんが、せっかくなのだから親子ふたりでゆっくり話したら、と言ってくれるが、とうの父娘はそういうことを照れくさがる。すぐまた会えるし、と私はエイコさんに言い、父は父で、パパは会社に戻るので、と言う。父に見送られながら、私とエイコさんは国内線乗り場へと向かう。入口はすぐそこだったが、短い列ができていた。その最後尾につこうとするが、ちょうどやってきた団体客とかちあう。次から次へと続くひとびとの勢いに、私とエイコさんはついつい気おされる。絶対に仲間から離れないぞという意志を漲らせる団体客の間にやっとのことで割り込み、どうにか列に加わる（大急ぎで振り返って父に手を振る）。自動ドアを潜ると、すぐに荷物検査だ。国内線なのでパスポートの掲示は必要ない。検査に引っ掛かった年配の男性が、係員の指示に従い、シャツやズボンのポケットをまさぐっていた。白髪交じりのそのひとの胸には「歡迎台灣」というバッジがあった。旅行会社が配ったものなのだろう。同じバッジをつけているひとがたくさんいた。

「奇怪、那儿有问题?」

(なんてこった。何がいけないんだ?)

「您有沒有帶手表等?」

(腕時計など、所持していませんか?)

白髪交じりの男性が空港の係員と中国語で会話するのを聞きながら、不穏な感慨を抱く。

――同胞(tóngbāo)!

上海で、現地の学生にそう呼びかけられたと突然思いだす。日本からの留学生である私の中国語が、日本人のわりには滑らかだと褒めてくれる相手に、私はおずおずと告白する。自分は台湾出身である、両親も台湾のひとである、と。

――我在台湾出生的、我的爸爸媽媽是台湾的。

私は、本物の中国人にむかって、「台湾人」と名乗ることを憚る程度には、中国と台湾の複雑な関係を知っているつもりだった。その頃、私の出会った中国人たちは、私が「台

湾出身」と知ると、

——同胞（tóngbāo）！

と呼びかけてくれた。その、素朴な親しみの表明にどう反応していいのかわからず、いつも戸惑った。長いこと忘れていたことを台北の国内線の入口で思いだした。「歡迎台灣」のバッジを服や鞄につけているひとたちは、大陸からの団体客だった。国内線に乗り換えるということは、彼らもまた台湾を周遊する予定なのだろう……それにしても、台湾を旅行することは、彼らにとっては海外旅行と国内旅行のどちらになるのだろう？

「あのひとたちは、中国からの観光客です」

私はエイコさんに伝える。そのようですね、とエイコさんはうなずく。

「大陸同胞、と書いてあるのが見えました」

私も見た。彼らはパスポートとまったく同じ形状の「大陸同胞」という冊子を手にしていた。たいりくどうほう。エイコさんの日本語を新鮮な思いで聞く。漢字を遣うのは、中国と台湾だけではない。日本も、だ。しかし中国人は日本人を「同胞」とは言わない。上海で、私が日本人でないとわかったときの中国人たちの表情や態度にふっと滲む親しみが、いつも自分を戸惑わせたのだと思う。

待合室を見渡してみるが、もう一人の同伴者・田さんはまだ来ていなかった。田さんは英語と日本語が堪能な台湾人。台北っ子。日本語で書いた修士論文を提出したばかりの大学院生である。スペイン語＋αはじょうずでも中国語はまったく知らないエイコさんと、台湾人とはいえどオモチャの翻訳機程度の中国語しかできない私にとって、この台湾旅行では田さんの手助けが欠かせない。デンさん、と日本語風に呼ぶのと、ティエンさん、と中国語風に呼ぶのとどちらがいいか本人にたずねたら、姓名の一文字である「綾」にちなんで、アヤちゃん、がいいと可愛らしく主張する。素敵じゃないか。私もエイコさんも即座に賛成した。

16：45松山発、17：35台東着予定　B7‐857

東京から乗ってきた国際線よりもややこぢんまりとした機内で、ガイドブックを開き地図を見る。台東は、さつま芋の形をした台湾島の右下端にあった。私は台北で生まれた。二歳半までそこに住んでいた。夏休みや冬休みになると、東京から家族で祖父母と親せきのいる台北に「帰省」した。台湾で生まれた。台湾に行ってくる。しかし私にとっての「台湾」は、実は、台北のことでしかなかった。その台北が、今、猛スピードで遠のいてゆく。これは、私にとって初めての「台湾」旅行だと思う。

台東にて‥

2012年3月1日

とんだ贅沢。五つ星ホテルのゆったりとしたシングルルームのベッドで目を覚ます。糊のパリッと効いたシーツは、たった一晩で肌に快くなじみ、そのおかげで、旅行中――それも初日の朝――だというのに、このままずっと、うとうとと夢をみていたくなる。

「台東娜路彎大酒店」は、台東唯一の大型ホテルだ。「娜路彎」は「nàlùwān」と読む。ナルワンとは、「原住民族」の言葉で「こんにちは」とか「いらっしゃいませ」といったような意味だそう。ハワイでいう「アロハ」のようなものなのだ。それを知ったとき、ぜひとも「ナルワン」ホテルに泊まりたいと思った。しかし何しろ五つ星ホテル。名前だけで決めるにはちょっと贅沢すぎる?……しかし。初めての「台湾」旅行を、ここから始めるのはとても幸先がよいはずだと思い切った。だからホテルを予約した数日後、偶然読んだ本の中に「naLuwan」とあるのを見つけたときは心が躍った。naLuwan naLuwan……NではなくLが大文字になっているのが見逃せない。「ぺんでうたう(原題:用筆來歌）」という魅惑的な題名のついた講演録の中にそれはあった。

電灯のない時代には、月の明るい晩になると、老人たちが庭でかけあいの歌をうたっているのを聞くのが好きでした。（……）歌は、普通意味のない「na-Lu-wan（ナルワン）」という囃子言葉で調子を取り、つづいてみんなが順番に歌詞をつけていき、一緒に唱和するのです。例えば、次の一節がそうです。

naLuwan naLuwan na iyana-aiyoya-on,（……）意味のない囃子言葉は、目的はただこれからうたおうとするのはどんな歌かを決めることにあります。

台湾東部プユマ族出身の作家、孫大川の言葉である。naLuwan naLuwan。ねむっている場合ではない。夢の中に舞い戻れという誘惑を退け、私はナルワンホテルのシーツを跳ね上げる。

とんだ贅沢。朝食は、ビュッフェ形式だ。中華料理と洋食、それに台湾式の料理（清粥＝お粥、油條＝塩味をつけた小麦粉で作った揚げパン、鹹菜＝台湾風漬物、などなど）も揃っている！　食後の果物もせっかくなので台湾にしかないものを食べたい。真っ先に選ぶのが、グァバ。私の最も愛する果物。台湾では、バラァと呼ばれている。バラァの形は梨に似ている。薄くてきめの細かい皮の色は、薄緑色。果肉は白い。よく洗ったあと、皮ごと、がぶっと行くのが一般的だ。梨を少し甘酸っぱくしたような味。うんと熟れたものになると齧ったときに柔らかくくずれて滲み出る果汁の甘みがたまらない。思えば私が生まれて初めて、恋しいという感情を抱いたのはバラァに対してだった。

——レ・リップン、ベータンチャアバラァ！

(日本では、バラァは食べられないのよ)

バラァが食べたいとねだる幼い私に、父と母がそう言う。台湾に帰ったらいっぱい食べさせてあげるから、と言い聞かせる。幼稚園に上がる前の、まだ日本と台湾の区別も覚束なかった頃のこと。私にとって、日本とはまず、バラァのない国、だったのだ。だから大学生のとき、うちの庭の木に生《な》っていたよ、と沖縄出身の友人に言われたときはけっこうなショックを受けた。友人は、それをグァバともバラァとも言わなかった。バンシルーと言った。沖縄ではそう言うのだと、私は初めて知った。グァバ、バンシルー、バラァ……。バラァは台湾語である。カタカナのない中国語では芭樂（bālè）という字を充てる。アヤちゃんが面白いことを思いついたという表情で話し出す。

「バラァは、中国語でなんというか知っていますか？　ファンシーリウって言うんですよ」

ファンシーリウ？　初耳だった。

（あとで調べたら、番石榴、と書くのだそうだ。アヤちゃんの発音は正確に表記すると fānshíliú となる）

「聞いたことないなあ」

「そうです。ふつうはバラァと言います。台湾人のだれも、わざわざ中国語で言いません」

アヤちゃんがいたずらっぽく笑う。

「だから子どものとき、男の子はわざとバラァをさして聞きました。おい、あれはなんだ、って」

引っかけ問題なのだ。バラァに決まってるじゃないの。うっかりそう答えると、いじわるな男の子たちは鬼の首をとったように騒ぎ出す。

——欸、你說的是台語！

（やあ、台湾語だぞ！）

台湾語は、禁じられた言葉だった。子どもたちは、小学校では中華民国が「国語」と定めた中国語以外の言葉を喋ってはならなかった。そして、多くの台湾人にとって、中国語以外の言葉とは、主に台湾語（より厳密には閩南語という）のことだった。これまでに何度も聞かされた話だった。本でも読んだ。思えば、両親が子どもの頃の話として、いつも話していた。台湾語が、ほかならぬ台湾で禁じられていたということ。それが、決して遠い昔の出来事でないのは、何となくわかっているつもりだった。アヤちゃんの話を聞きながら、それが、本当に、つい最近までのことなのだと痛感する。アヤちゃんは言う。

「わたしが、小学校二年生のときまではそうでした」

アヤちゃんは一九八三年生まれ。私の三つ歳下である。

——温又柔、你說這個是什麼？

——多麼無聊、當然是芭樂啊！

（おい、温。これはなーんだ？）

（うるさいわね、バラァに決まってるでしょ！）

空想の中の私は、いたずらな同級生にまんまと引っかけられている。やあ、台湾語だぞ……そう言われないためには、バラァ、ではなく、ファンシーリウと中国語で言わなくてはならない。私のバラァが、ファンシーリウという中国名を持っていたとは。感慨が生まれる。もしも台湾で育っていたら、私は今ほどこの果物を好きだっただろうか。台湾では、ごくありふれた果物である。年中、町のいたるところで見かける。食べようと思えばいつでも食べることができる。珍しくもなんともない。しかし、日本育ちの台湾人である私にとっては最愛の果物なのである。台湾で約三十八年の長きに亘って敷かれていた戒厳令が解除されたのは一九八七年。アヤちゃんが四歳、私（とエイコさん）が七歳のときだ。以降、台湾の政府は「双語教育」、すなわち、中国語と台湾語のバイリンガル教育を徐々に取り入れるようになってゆく。

「三年生になると方針が一転して、母語スピーチコンテストが始まったのです」

政府は、禁じていた言葉である台湾語こそが、台湾人の母語であると主張するようになり、すべての台湾人に台湾語を積極的に学ばせようと腐心するようになったのだ。ファンシーリウの出番はなくなった。

ビュッフェ形式の贅沢な朝食で満腹になった私たちは、いよいよ台東の町に出ることにする。

中華民国政府が禁じたのは、台湾語だけではない。禁じられた言葉の一つには、日本語もあった。

*

子どもの頃の私は、日本在住の両親よりも、台湾にいる父方母方の祖母のほうがよほどじょうずな日本語を話すということについて、ほとんど疑問を感じていなかった。私にとって、お祖母ちゃんたちが日本語で迎えてくれるのはあたりまえの喜びだった。やがて大学を卒業し、日本人とは何かという問題について考え始めるようになってから、ほかでもない祖母たちの歩んできた人生をかたちづくる歴史的過程や政治的な状況に思いを馳せるようになった。一時期は、自分が祖母と日本語で話すということに抵抗を感じたこともあった。でもだからといって私は祖母たちと何語で話せばいいのか？　いとこたちのように中国語で？　両親やおじおばたちのように台湾語で？　中国語と台湾語と日本語。八十になろうとしている祖母たちが、これらの言葉をそれぞれ少しずつ、ちゃんと理解できるということ。そういう状況をつくった歴史について知れば知るほど、私は祖母の前で口ごもる。ところがこちらが葛藤していようといまいと、祖母のほうは、日本育ちの孫娘に日本語で声をかけてくれるのである。

——よく帰ってきたわねえ。このごろ、お勉強が忙しいんですってね……暇をみつけて、また顔を見せてちょうだいね。

今となっては、すっかりひらきなおっている。お祖母ちゃんただいま。会いたかったよ。元気だった？　祖母が日本語で受け入れてくれることに堂々と甘えている。私の思い込みでなければ、ふたりの祖母ともに、私や妹と日本語で会話をすることが楽しそうである。最近は、祖母と日本語で話す相手がひとり増えた。私の夫である。

——お祖母ちゃん、あたしのお婿さんよ。

彼のことを初めてそう紹介したときの、母方の祖母の言葉が忘れられない。

——あのひとが生きていたらねえ。あのひとは、日本人と喋るのがとても好きだったのよ。

あのひと、とは私が十六歳のときに亡くなった祖父のことである。生きていたら、じき九十。初孫である私をとても可愛がってくれた祖父は、母曰く「頭がよかった。教育があった。だから国民党が嫌いだった」。

祖父は、日本語が「国語」だった時代に教育を受けた。日本に代わって台湾を統治することになった国民党が日本語の使用を禁じたとき、「教育があった」祖父の胸中はどのようなものだったのだろう。東京をたずねた祖父が、日本の幼稚園にあがったばかりの私を膝にのせて絵本を読んでくれたことがある。「桃太郎」に「浦島太郎」……政府から厳しく禁じられていた言葉で、孫娘に物語を読んでやることになるとは、どういう心持ちだったのだろう?

……はて。私は何故、こんなことを考えているのだろう。先を行くアヤちゃんの後ろ姿が見える。エイコさんは道に咲く花の写真を撮っていた。東京では雪がちらついていた翌日、台湾・台東の昼下がりは、半袖でも暑いぐらいだった。うっすらと曇っているが、日は明るい。私たちは、今はもう使われていない線路の上を歩いていた。スタンド・バイ・ミーみたいだね、などと言いながら歩き出したのだった。台鉄台東線の終着駅だった台東旧駅跡を目指していた。二〇〇一年まで台東駅と呼ばれていたその跡地が、今では芸術村となっている。観光地である芸術村よりも、どちらかといえば廃駅、廃線という響きに心が惹かれた。長いあいだ、終着駅としてひとびとを迎え入れてきたかつての駅舎が見てみたいと思った。もはや列車の走ることがない廃線跡は、静かだった。時期外れなのか、私たち以外に観光客らしきひとを見かけない。途中、地元の親子連れとすれ違ったぐらいである（ニィハオ、と頭を下げるとはにかんだような笑みを返してくれた）。台東の町全体が、なんとなくおっとりとしているように感じる。それが心地いい。もちろん私は、自分が唯一知る台湾・台北と比べていることを、自覚しなければならない。旅はまだ始まったばかりだというのに、早速もう、台湾の奥行を私は実感している。聞くところによれば、台東には日本統治時代につくられた町並みが、他の都市と比べてわりあいそのまま残っているとのこと。それゆえ、日本人ならまちがいなく郷愁をそそられる風情であるという。しかし植物はあきらかに日本のものではなかった。足元の枕木と枕木の間に生えている草の緑の艶やかさに目を見張る。熱帯の植物の色だ。台東は熱帯に属している。かつてこの線を走っていたのは花蓮と台東を結ぶ台鉄台東線だ。花蓮を出発した列車は東海岸（太平洋）を望みながら、台東駅へ向かう。起終点の地名から花東線とも呼ばれるその列車は、北回帰線を跨ぎ亜熱帯から熱帯に入るのだと思い至り、少し昂奮する。花蓮から台東。花と東を結ぶ列車の車窓から光を撥ねる海を眺めたかった。それなのに私は、花蓮などなかったかのように、台東に来てしまったのだ。台北から飛行機に乗ったからだ！　飛行機は時間を短縮し空間と空間を点と点にする。そのうち、同じルートを列車に乗って線状で移動してみたい。そう思っていると、左手に煙突のある建物が見えた。工場のようだと思ったらやはり工場だった。しかし操業はされていない。だから正確には工場跡である。日本統治時代に建てられた製糖工場だという。

甲午（日清＝筆者注）戦争後、日本は台湾を取得して台湾総督府を設立し、51年間の植民地統治を展開した。（……）台湾を日本への米と砂糖の供給地にした。後期には工業化を推し進め、台湾を日本の南進補給基地にした。（『台湾国民中学歴史教科書　台湾を知る』）

知識として知っていたことではある。知ってはいたけれど、その時代から残っているという工場の実物を目の当たりにして、しばし立ち尽くす。植民地と砂糖。胸騒ぎを覚える取り合わせだった。植民地と鉄道の組み合わせも同じ。日本人が敷いた鉄道の廃線跡に立ち、日本人のものだった製糖工場を見あげていたら、ふつふつと湧きあがるものがある。

——初めてなのに、懐かしい。どうにも郷愁をそそられるんです……

勝手に懐かしがるな。

こみあげてきたのは、そんな日本語だった。その日本語は、ほかならぬ自分自身への戒めでもあった。台湾、とりわけ台湾が日本の植民地であった頃のことについて考えるとき、私の心情は限りなく日本人に近い。植民地と砂糖、植民地と鉄道。心を毛羽立たせるのは、日本人としてのうしろめたさである……などと考える自分はツマラナイ旅人なのかもしれない。枕木の間に生える草が光をうけてさらに明るい。アヤちゃんがあそこに行ってみましょうかと示す先に、こぢんまりとしたプラットホームがあった。懐かしい。とっさに感じてしまう。廃線跡に沿ってぽつんとあるプラットホームは、ごく素朴なものだった。やってくる列車に乗り降りするためだけの機能しかない。屋根のない吹きさらしのプラットホームの上に立ってみる。それだけで爽やかな気分になる。まるで長いこと列車に揺られて、ようやく地に足を着けたような。プラットホーム上の看板には「馬蘭」とあった。かつての終着駅ひとつ手前の、小さな廃駅だ。例の製糖工場と関わりが深かったという。馬蘭もまた、歴史を背負う駅だった。

台湾を縦貫する鉄道が開通したのは一九〇八年。植民地台湾を経営するにあたって、鉄道整備が欠かせないと考えた日本人が敷設した。終戦後、日本の台湾総督府鉄道を引き継いだのが台湾鉄路管理局だった。台湾鉄路管理局は、日本でいう国土交通省にあたる中華民国交通部の運営する国有鉄道である。台湾鉄路管理局の通称は台鉄。それを、台鉄（タイテツ）、ではなく、臺鐵（táitiě）と中国語で思い直した途端、遠い記憶が疼く。かすかではあるが私はその響きを確かに覚えている。子どもの頃はいつも臺鐵に乗って、台北から高雄まで行っていた。母がそんなふうに話していたのを、うっすらとではあるけれど、でも覚えている。高雄は、台湾南部最大の都市である。私の母方の祖母は、祖父に嫁ぐまで、その南の港町で育ったのだ……私は、今の自分よりも若い祖母が、こんなプラットホームから列車に乗り込むのを想像する。祖母を乗せた列車は、北回帰線、それに濁水渓も越えて、北へ北へと向かう。終着駅は、その頃はタイホクと呼ばれた台湾の北の都だった。

……また祖父母のことを考えている。台湾にいる限り、私は祖父母のことを考えずにはいられないようである。何かと時間を遡りたがる。自分は、旅をしながら旅先の景色そのものをちゃんと見ようとしていないのではないか。ふと不安をおぼえる。これでは東京の自分の部屋で夢想しているのと変わらない。この旅が、私の夢の一部でしかないのなら、私は何のために日本から台湾にはるばると移動したのだろう。私は、旅が私の夢を喰い破るのを恐れてはならない。ひそかに覚悟を改めながら深呼吸をする。

馬蘭から台東旧駅までは、約二・四キロ。私たちは、もうしばらく歩くことにする。昼食は何かとびきり美味しいものを食べようねと言い合いながら。その瞬間、そう、食べもののことを思った瞬間、旅の現実味が一気に迫ってくる。具体的な快楽は強い。来てよかった。昨夜も晩御飯を食べながら、その思いを嚙み締めていた。地元のひとと思われるグループばかりで、賑やかな店だった。台東名物のひとつ、金針花（jīnzhēnhuā）をつかった料理を私たちも食べる。チクッと喉に刺さりそうな名をした花の入ったスープは、さっぱりとしていて美味しかった。他に、豚肉と山菜の炒め物、肉団子のスープなども頼み、ほくほくと食べた。私はお椀の中の肉団子を蓮華で掬いながらエイコさんに言う。子どもの頃は、肉団子を箸で一本刺しにして齧っていたの。私もそうしました、とアヤちゃんが笑う。エイコさんがやってみたいと言う。箸で突き刺した肉団子片手に笑顔を見せるエイコさん。お酒を飲んだわけでもないのに、ほろほろと楽しくてたまらない。私たちが日本語ではしゃいでいても誰も気にとめない。すでに午後九時になろうとする頃だったが、店内は子連れの客も多い。私たちの隣のテーブルにも、小学校低学年らしい女の子と四歳ぐらいの男の子がいた。その男の子が、紙をちょうだいよう、と母親にねだっている……ぼくはお絵かきがしたいんだ、と訴える男の子のあどけない声を聞きながら、かつての自分が、それとそっくり同じ言い方をよくしていたと思い出す。

――ウォー・ヤオ・ファーファァー！

（あたしはお絵かきがしたいの！）

その頃の私にとって、言葉とは、ただ音だった。お絵かきがしたい、と思ったら、ウォー、ヤオ、ファーファー、という音（声）を出す。絵を描きたいと訴えるために発したその音が「我要畫畫」と書くとは、まったく想像していなかった。ひとは、話すことなら何となくでもできる。しかし書くこととなると、そうはいかない。書くには、文字を覚えることから始めなければならない。私が初めて覚えた文字は（多くの日本人がそうであるように）ひらがなだった。だから私が、言葉は書ける、と知ったのは、ひらがなによってなのだ。ひらがな、カタカナ、そして漢字。文字に関していえば、日本語を先に覚えてから、私は中国語を知ったのである。絵を描く、という中国語が「画画」と書くのを知ったのも十八歳になってからだった……男の子の母親が鞄から落書き帳のような冊子と鉛筆を取り出す。ウォー・ヤオ・ファーファー。男の子の要求は受け入れられたのだ。あと二、三年もすればあの子は、自分の発したその言葉が、「我要畫畫」と書くのだと知るのだろう。七歳か、八歳。遅くても九歳になる頃には。ウォー・ヤオ・ファーファー。「我要画画」。あの子から十年遅れて私がようやく知った中国語の文字は、台湾では遣われない簡体字だった。

繁體字と简体字。

そう、中国語には、二種類の文字がある。「我要畫畫」と「我要画画」。ウォー・ヤオ・ファーファー。まったく同じ音なのに？

……私は、結局、考えていた。音について、文字について。音を書くということについて。歩きながら考えていた。いや、夢中で喋っていた。エイコさんとアヤちゃんと。昨日のこと、子どもの頃のことを。喋りながら、考えていた。私たちは目的地に辿り着いた。台東鉄道芸術村。さすがに少し歩き疲れた。日陰を求めて、私たちは駅舎を再利用したギャラリーの方へと近づく。あいかわらず閑散としている。人気のなさが、かえってのびやかで心地がよかった。ギャラリーは閉館中だった。柱に、無数の短冊が結ばれていた。短冊は、入館チケットの半券だった。オツなことに切符の形をしている。「台東鐵道藝術」と印刷された切符の裏側は白紙になっていて、一枚一枚、別々の手書きの文字でメッセージや日付と名前が記されている。私も入館していたら記念にしたためたのだろうか。「台東にて、エイコさん・アヤちゃんと。温又柔　２０１２・３・１」。隣に立っていたエイコさんが、あっ、と声をあげた。私とアヤちゃんにむかって顔をほころばせる。スペイン語で書いてある。エイコさんの指差す短冊を見つめる。
――Desear poder volver a Taiwán algún día a ver a mis Amigos.
これを書いたひとは、どこからやって来たのだろう？　スペイン？　メキシコ？　あるいは、もっと他の……いずれにしろ、ここに来た記念をスペイン語で綴るひとがここにいた。短冊の文字はその痕跡だ。そのひとは想像しただろうか。自分の書きつけた文字を読み、スペイン語だ、と日本語で喜ぶひとがいることを。ふしぎな昂奮が募る。文字は、言葉の跡だ。書く、という響きが、搔く、と通ずることを思い知る（エイコさんといなかったら、それがスペイン語であるとわからなかったかもしれないと思うと、私の昂奮はさらに高まる。あとで、エイコさんが教えてくれた。短冊のスペイン語は、こんな意味だった。――いつか、また台湾に戻ってきたいな。友だちに会うんだ）。

＊

ありとあらゆる果物の甘酸っぱい香りが入り混じり、芳しい。台東は、果物の産地で有名だ。果物の屋台がずらりと並ぶ通りの、小さなレストランに私はいた。レストランといっても、通りに面した側に扉はなく限りなく屋台に近い。剝き出しのコンクリートの床に、プラスチック製の円卓がみっつほど、無造作に置かれていた。そのうちの一角で、私は待っていた。夕食に、卵の炒飯を頼んだ。今、厨房で炒めている音と匂いがする。アヤちゃんとエイコさんは隣の店で買い物している。一日中、歩きっぱなしだったので夜はホテルで過ごすつもりだ。屋台を渡り歩き、美味しいものを少しずつ調達する。レストランの壁には、土地公と媽祖神を祀った祭壇がある。真っ赤な蠟燭と盛られた果物の艶やかな色合いが華やかだ。しかし祭壇よりも目を引くのはその隣に据え付けられた最新型の液晶TVだ。ピカピカの液晶画面を私は見あげる。台湾全図が映し出される。キャスターが気象情報を伝えるのを聞く。全国の天気に続き、台東地方の地図が映る。その中には蘭嶼も含まれている。蘭嶼は、台東の東南約九十キロの沖合に浮かぶ島だ。人口の九割近くを台湾で唯一の海洋民族であるタオ族が占めている。アユイ、と胸の中で呟く。タオ族の言葉で「こんにちは」という意味だ。その日の午後、国立台東大学の図書館で「タオ語」の教科書をひらき、覚えた一言。アユイ、と今度は口に出してみる。自分にとって未知の響きを声にするのは楽しかった。子どもの頃も祖母や伯母の家で、こんなふうに線香と食べものの匂いが入り混じる中、ごはんができるのを待っていた。家の中には台湾語と中国語が溢れていた。しかしそれは台湾を充たす音のすべてではない。アユイ。台湾には、台湾語と中国語以外の言葉もある。ポンソ・ノ・タオ、人の島。タオのひとびとは、蘭嶼を、自分たちの島をそう呼ぶ。Ponso No Tauo。

……台東の東南に浮かぶ蘭嶼を見つめていたからだろうか。天気予報が終わる頃には、台湾本島がとてつもなく大きなものに見えてきて、目眩のようなものを覚えていた。日本列島の南の果てにぽつりと浮かぶ芋の形をした島。中国大陸のかたわらにある島。ずっとそう思っていたけれど、どうやら台湾は、私が考えている以上に大きく、なおかつ複雑なのだと思い知る。それから改めて感じ入る。ここは台湾だ。

初出

「空港時光」――「文藝」二〇一七年冬号
「音の彼方へ」――「すばる」二〇一二年八月号

「音の彼方へ」参考文献

・ジョン・トーピー＝著、藤川隆男＝監訳
『パスポートの発明 監視・シティズンシップ・国家』（二〇〇八年、法政大学出版局）
・呉密察＝監修、遠流台湾館＝編著、横澤泰夫＝編訳
『台湾史小事典』（二〇〇七年、中国書店）
・スーザン・ソンタグ＝著、木幡和枝＝訳
『良心の領界』（二〇〇四年、NTT出版）
・孫大川＋浦忠成＋ワリス・ノカン＋リカラッ・アウー＋董恕明＝著、下村作次郎他＝編訳・解説
『台湾原住民文学選8 原住民文化・文学言説集I』（二〇〇六年、草風館）
・国立編訳館＝主編、蔡易達＋永山英樹＝訳
『台湾国民中学歴史教科書 台湾を知る』（二〇〇〇年、雄山閣出版）

温 又 柔《おん・ゆうじゅう》

一九八〇年、台北市生まれ。三歳の時に家族と東京へ移り、台湾語まじりの中国語を話す両親のもとで育つ。二〇〇九年、「好去好来歌」ですばる文学賞佳作を受賞しデビュー。
著書に、『来福の家』（一一年、集英社／一六年、白水Uブックス）、『台湾生まれ 日本語育ち』（一五年、白水社／第六四回日本エッセイスト・クラブ賞受賞）、『真ん中の子どもたち』（一七年、集英社／第一五七回芥川賞候補）がある。

空《くう》港《こう》時《じ》光《こう》

二〇一八年六月二〇日　初版印刷
二〇一八年六月三〇日　初版発行

著者　温又柔
発行者　小野寺優
発行所　株式会社河出書房新社
〒一五一-〇〇五一　東京都渋谷区千駄ヶ谷二-三二-二
電話　〇三-三四〇四-一二〇一（営業）
〇三-三四〇四-八六一一（編集）
http://www.kawade.co.jp/

ブックデザイン　鈴木成一デザイン室
組版　KAWADE DTP WORKS
印刷　株式会社暁印刷
製本　加藤製本株式会社

Printed in Japan　ISBN978-4-309-02695-4